Lass mich durch Deine Augen schauen,
damit ich bald Dein Herz auch find,
reich Dir die Hand ganz im Vertrauen,
dass Du und ich aus EINEM sind.

(dazu mehr auf Seite 86)

Liebe Karina,

danke für den tollen Impuls

Deine Franke

Frauke Kaluzinski, geboren 1963 in Lüneburg, lebt mit ihrer Familie südlich von Hamburg. Sie liebt sowohl die Stille eines sachte brennenden Feuers, am Ofen, als auch die Weiten der Wüste und des Meeres. Kommt man ihr näher, zeigt es sich schnell, dass ihr Innenleben ganz ähnlich gestrickt ist. Irgendein Feuer ist immer am Brennen.
Welche Weiten des Universums der Geist wohl nun gerade wieder durchzieht? Und dann kommt dieses freudestrahlende Lächeln – auf zu neuen Ufern! Die nächste Idee ist geboren und will sogleich in die Tat umgesetzt werden. Spontan, unkompliziert und meist etwas anders als üblich geht sie an die Arbeit.

Ja! Ein Buch! Ein Buch fehlte noch; und nun ist es da.

„Weltenhasser – Weltenwasser – Weltenlasser" ein Buch, welches so, wie es geschrieben ist, nur von ihr stammen kann.

Wie dieses Buch umschreiben?

Philosophie gerapt – poetische Bewusstwerdung – oder einfach:
Texte, die aufrühren und berühren?
Es gibt Anknüpfungspunkte für jeden Menschen zu unterschiedlichen Lebensthemen. Das Spannungsfeld zieht sich von dem Erleben innereigener Höllenreiche bis hin zur Einsenkung göttlicher Glückseligkeit.

Entsprungen sind die Eindrücke einer suchenden Seele, welche viel gesucht aber auch gefunden hat. Dieses Buch will Zeugnis ablegen für die tiefe innere Gewissheit, dass Liebe, Frieden, Freiheit und Gerechtigkeit existieren!
– doch nicht dort, wo sie meist gesucht werden.

Frauke Kaluzinski

Weltenhasser
Weltenwasser
Weltenlasser

Originalausgabe 01/2010

Copyright by Frauke Kaluzinski
www.lebensbuch-oeffnen.de

Herstellung und Verlag: Books on Demand GmbH Norderstedt

34 farbige Illustrationen
von
Steven Stoffregen
Frauke Kaluzinski
Knut Maibaum

Layout & Fotos:
Ricarda Block, www.rb-artworks.de

ISBN: 978-3-8391-4804-4

PROLOG

In diesem Buch steht das, worum es geht „dazwischen".
Zwischen den Zeilen kannst Du es erwischen,
musst es irgendwie auf eigene Art entdecken
und irgendwann im Leben selbst mal checken.

Es wird gereimt, getextet und gesungen,
anschauliche Bilder, die ganz gut gelungen.
Was hier so drin steht, wird keiner erwarten
und wenn Du`s nicht liest, kannst lange raten.

Es geht um Dich und Dein Leben.
Was hat das Leben Dir zu geben?
Einen Schatz! - Dein Verstand wird es kaum fassen.
Nur in Dein Herz kannst Du es strömen lassen.

Sei nicht schockiert, die ersten Texte sind nicht heiter,
doch legen sie das Fundament und bringen weiter,
wenn Du begreifst, wie manch einer sich fühlt,
wird in Dir eine andere Seite enthüllt.

Es wachsen zurzeit viele Menschen mit einer verkümmerten Seele heran, denen man selbst bei komplettem sozialen Fehlverhalten keinen Vorwurf machen kann. So ging es mir zumindest, als einige dieser Schicksale mein Leben durchkreuzten. Nein, da war keine Anklage in mir, im Gegenteil. Es machten sich stattdessen Wärme und Verstehen breit. Die Geschichten, welche an mich herangetragen wurden, sanken tief in mein Innerstes, formten sich neu und fanden Ausdruck in dem ersten Teil des vorliegenden Buches. Die oft erschütternden Umstände sind wie sie sind. Recht unsanft wird der Leser gleich zu Beginn des Buches in diese Realitäten hineingestoßen, wobei das eigene „Wiedererkennen" eventuell gar nicht so fern liegt.

Doch wo ist der Dreh- und Angelpunkt, um dem Ganzen eine Wende zu geben?
Wie kann „Mensch" sich aus diesem Leid befreien?
Mit der Antwort auf diese Frage habe ich ernst gemacht.
Sie heißt für mich jeden Tag erneut,

der Lichtspur meines Herzens zu folgen.

Auf der Suche

Ich suche
Wonach suche ich?
Noch einen Schluck Wein und eine Zigarette.
Es ist tief in mir drinnen.
Es treibt, aber wohin?

Mir fehlen die Worte, was will ich denn?
Dieses Ding in mir will befriedigt werden.
Ich fang an zu essen, es schmeckt mir,
aber ich esse zu viel, mein Bauch drückt.
Ich bin voll, aber doch fühle ich mich leer.

Ich will mehr, doch das Essen kann meinen
Hunger nicht stillen; der Wein und die
Zigaretten verdrängen dieses Gefühl nur.
Ich geh in den Laden und kauf` mir Klamotten,
mach mich schön, doch das hilft mir nicht weiter.

Ich suche immer noch.

Ich will doch gar nichts essen, doch ich presse
wieder in mich hinein:
Schokolade, Kekse – nein – und doch!
Ich will auch nicht rauchen, doch ich tue es,
um dieses Drängen zu ersticken.

Nun geh ich tanzen, ich tob` mich aus.
Für heute habe ich den Wolf in mir besiegt.
Doch was ist morgen?
Morgen ist heute.

In mir ist ein Feuer, eine riesige Flamme,
die gefüttert werden will.

Dragon Sister 130x200

Steven Stoffregen

Feuer

Flammen, die gefüttert werden wollen.

Ein Licht leuchtet, brennt, hell, grell.

Glut ist wie Blut.
Es lässt das Feuer leben.
Schwarze Füße mit blauen Schuhen.

Feuer kann Liebe sein.
Liebe ist rot wie das Blut.
Schwarz ist der Tod.

Feuer - ich ersticke Dich mit Zigaretten.
Feuer - ich vernichte Dich mit Tabletten.
Ich hab` so viel getrunken.
Du bist im Alkohol versunken.

In den Augen kannst Du das Licht leuchten sehen.
Doch das ist so lange her.
Viele Augen leuchten nicht mehr.
Asche, es ist alles verbrannt,
immer bin ich weggerannt.

Ein Licht ward geboren.
Es hat die Flamme verloren.
Das Feuer ist erfroren.

Licht, ich brauche dich zum Sehen.
Bist du erloschen, wie soll es weiter gehen?

Ein Funke ist geblieben.

Ein Funke, zu schwach um zu leuchten.

Dragon Brother 130x200   Steven Stoffregen

Weltenhasser

Oh, wie hasse ich die Welt des Kampfes,
die Welt des Glimmers und des Glanzes,
hohle Masken ohne Sinn und Verstand,
wen wundert`s, dass ich weggerannt.

Dummes Gelaber von Pflichterfüllung,
von Pünktlichkeit, Eingliederung, Anpassung,
tolle Typen kommen hinten dabei raus,
das kann ich mir sparen, bleib lieber zu Haus.

Guck Dir mal die Leute an,
wie sie rennen, hechten, beißen,
sich gegenseitig das Geld aus der Tasche reißen,
um immer mehr zu haben, mehr, mehr, mehr,
wie wär`s mit ein wenig Geschlechtsverkehr???

Du kannst "ja" sagen oder Du kannst es lassen,
so oder so wirst Du sie hassen.
Ach, man wird Dich gar nicht fragen,
wirst um Hilfe schreien, verzweifelt klagen,
bist ja eh nicht mehr zu retten,
liegst seit langem schon an Ketten.

Ketten klirren, reiben, kneifen,
Dich langsam über die Erde schleifen.
Ketten der Gier, Ketten der Macht - ... losigkeit
Ist hier überhaupt jemand bereit?
                                       befreit?
                                            gescheit?

Noch mehr Weltenhasser...

Weltenhasser

Eine Welt - zu blöd, um wahr zu sein.
Eine Welt - zu öd, um klar zu sein.
Eine Welt - durch und durch verlogen.
Diese Welt - hat mich immer schon betrogen.

Der Harmonie und Hoffnung lange schon beraubt,
an Liebe und Leben keiner mehr glaubt.
Zu tief sind die Wunden, die nicht heilen wollen,
Familie und Freunde sind schon lange verschollen.

Nein, Dich wollen sie eigentlich nicht,
tu` Du nur brav Deine Pflicht.

Sie wollen Dein Licht für eigene Zwecke.
Sie wollen Dein Herz, Deine Seele verrecke.
Sie wollen Deinen Mut, sei auf der Hut -
verdrehte Heuchelei, die keinem gut tut.

Den Rücken zerdrücken - Bück dich!
Nach Zeitgeist zu ticken - Bürgerpflicht!
Hast was dagegen? - Staatsgericht!
Lass doch die Bomben fliegen - General geschickt!

Verzerrte Gesichter, Angstschreie in der Nacht.
Mörder haben Richtern angesehene Berufe gemacht.
Schlachthäuser - steh`n für „ein Steak in medium",
Freudenhäuser für das Bett im Delirium.

Zuchtanstalten, wer züchtet da wen?
Gefängniswärter gezüchtet!!! Kannste das sehn?
Hier wird sich geschmückt mit Titel, Talar und Diplom,
nur weil es Menschen gibt wie mich, den Höllensohn!

**Doch was war zuerst, der Sohn oder die Hölle,
das Huhn oder das Ei? Ist doch alles einerlei.**
Keiner ist besser, keiner ist gut,
der eine die Notwendigkeit für den anderen schuf.

Geld kann man nicht essen   Ausschnitt vom Original   Steven Stoffregen

Banken wollen reicher werden. Reiche wollen blanker werden.
Kranke sollen bleicher werden. Scheiche sollen leichter werden.

Das, was Wert hat, lag immer schon „dazwischen".
Willst´ die gute Welt mit der Bösen mischen,
dann kann was wachsen, ganz still und leise,
oder auf schräg, schrill und laute Weise.

Verliebt, verlobt, verheiratet, geschieden,
vom großen Traum ist oft nichts geblieben.
Erbaut, gefeiert, vernichtet und zerstört,
alle drehen wir am Rad, das doch keinem gehört.

Hauptsache es dreht sich und dreht sich - immer weiter.
Reih Dich ein, erhalt den Schein, sei heiter!
Das Schlimmste, was dieser Welt kann passieren,
ist, dass wir den ihr eigenen Schwung verlieren.

Dann müsste ja aufhören zu drehen das Rad.
Aber was macht dann
der Richter – der Mörder
die Kiffer – die Schnorchler
die Tanten – und Beamten
die Fischer – und Verwandten
die Klugen – und Gerechten
die Falschen – und die Schlechten????????

Der Mensch, der keine Identität mehr hat,
ist für diese Welt in der Tat ein Verrat.
Er passt in keine Schublade mehr rein,
jeder will und muss   ETWAS   SEIN !

Ich - zum Beispiel - möchte eine Autorin SEIN.
Könntet Ihr bitte alle dieses Buch lesen und weiter empfehlen!

In diesem Buch steht das, worum es geht „dazwischen".
Zwischen den Zeilen kannst Du es erwischen.
Musst es irgendwie auf eigene Art entdecken
und irgendwann im Leben selbst mal checken.

Elefantenhaut

Kennst Du die Elefantenhaut,
so richtig dick und eingesaut?
Da kommt so schnell wohl keiner ran,
zur Not geht auch noch die Trompete an.

Dahinter wird mich niemand finden:
Rauheit, Spott und Todessünden.
Verschlafen, zu spät kommen, auf der Arbeit fehlen,
ehe Du Dich versiehst, mal `ne Buddel stehlen.

Ihr könnt mir alle vom Leibe bleiben
mit Euren hoch polierten Fensterscheiben,
mit bammelndem Engelgesäusel
und der neuesten Kollektion im Häusel.

Ich werd schon die Dreckarbeit machen für Euch,
doch fasst mir bloß nicht mehr ans Zeug.
Mit Euch will ich nichts zu tun mehr haben
und stellt mir nur keine dummen Fragen,
sonst geht`s Euch an den Kragen.

Lieber allein und einsam, als lauter Krampf.
Lass keinen mehr rein, kein Bock auf Kampf.
Lass mich lieber vom Apparat volldröhnen
und mich von Tüten mit Chips verwöhnen.

Yä, das Geld reicht gerade noch bis morgen,
für die nächsten zwei Wochen mach ich mir morgen Sorgen.
Ach was, die Welt ist doch voller Sachen,
die mal eben so in die Tasche passen.

Werd erst einmal bis Zwölfe ratzen,
füttern dann die sieben Katzen,
sieben Katzen und doch allein -
ich lass hier eh jetzt keinen mehr rein.

Einsamkeit Original in Öl 100x100   Stoffregen

Hey, musst du auf den Teppich kacken?
Ihr seid ja schlimmer als Kakerlaken!
Nä, jetzt hab ich die Schnauze voll,
jetzt fliegt ihr raus, sich ein anderer kümmern soll.

Trompetengeschmetter - die Katze jault wie nie.
„Das ist ja auch nicht auszuhalten, du dummes Vieh!"
Tasse fliegt, Fenster zerspringt, Handy gegen Wand gepfeffert!
„Junge, werd ich es noch erleben, dass Du Dich einmal besserst?"

Diese Stimmen, sie zermartern meinen Kopf.
Wann hab ich eigentlich zuletzt mal richtig abgerockt?
Klar, jetzt woll´n wir mal die Boxen aufdrehen,
können die Viecher sich nach einem anderen Platz umsehen.

Ich hasse Euch – hört Ihr? – ich hasse Euch!!!!!!!!!!!!
Ich hasse mich – ich hasse Euch, lasst mich!!!!!!!!!!!!
Meine Hölle ist Eure Hölle, dafür werd ich sorgen!
Frag mich nicht: Was ist morgen?

Fang an zu morden in meinen Gedanken.
Kenn keinen Halt, kenn keine Schranken.
Die Welt hat Schuld, kannst Dich bedanken.
Eine Welt voller Schizos, Bekloppten und Kranken.

Wenn irgendeiner von Euch hier wüsste, was Liebe ist,
würd` er sie tun, würde nicht ruhn, würde es sein,
ich könnte es zum Himmel schreien!

Es gibt hier keine Gerechtigkeit, keinen Frieden, keine Freiheit!
Guckt Euch doch an, ihr alten Wichser,
lächelt überlegen über jeden Fixer.
Ist Euch doch egal, ob der wird krepieren,
ob irgendwelche Penner unter der Brücke erfrieren...

Merkt hier einer überhaupt noch was?
Hier gibt`s die Hölle pur, das macht keinen Spaß!

Auf der einen Seite sitzen die Bonzen
und lassen die Puppen tanzen.
Auf der anderen Seite sitzt Du,
mein Kopf zerspringt, gibt keine Ruh.

Elefantenhaut – dick – faltig – schmutzig -
dunkelgrau - mit Schlamm - völlig rissig -
Schmerz - Angst - Sehnsucht - in sich begraben -
gelähmt - enttäuscht - resigniert - nichts mehr zu sagen.
Was soll`s – das war`s.

Worte

Worte können Brücken schlagen.
Durch Worte bin ich anders als Du.
Worte lassen mich verstehen,
lassen mich durch Deine Augen sehen.
Aus Worten ist der Mensch gemacht,
aus Worten wird die Tat vollbracht,
die aus Menschen Worte macht.
Worte lassen Dich traurig sein.
Worte lassen Dich ganz allein.
Worte können Dich leicht verletzen.
Worte sind es, die Dein Gefühl besetzen.
Warum bist Du anders als ich?
Warum erkennst Du mich nicht?
Haben wir nicht das gleiche Ziel?
Warum reden wir so viel?
Aber Worte können nicht
sagen, was Frieden ist.

                        Wissen wir nicht, was Frieden ist?

Nanuatom   Original unten 124x124   Farbvariationen   Stoffregen

Worte

Worte können Brücken schlagen.

Durch Worte bin ich anders als Du.

**Worte lassen mich verstehen,
lassen mich durch Deine Augen sehen.**

Ja, ich hatte die Teilnehmer der Maßnahme lieb gewonnen.
Als Dozentin in einem Projekt für „Langzeitarbeitslose" konnte ich am eigenen Leib spüren, wie unbeholfen, planlos und an der Realität vorbei mit Menschen umgegangen wird, die aus vielerlei Gründen aus unserem gesellschaftlichen System heraus gefallen waren.

Menschen, die ohnehin vom Schicksal nicht verwöhnt wurden, bekamen immer wieder noch oben eins drauf.

„Prima, Sie haben nun die Chance, ein dreiwöchiges Praktikum in dieser oder jener Einrichtung zu machen – unentgeltlich natürlich, versteht sich – sie sollen ja nur mal wieder erfahren, wie es sein würde, wenn etwas wäre …"
Arbeitsplatz? …

Irgendwie müssen diese Menschen doch von der Straße zu kriegen sein. Hoffnungen werden geschürt, Versprechungen – Aussichten – Visionen werden schriftlich und malerisch zu Papier gebracht.

Aber mal ehrlich. Unser System ist auf Leistung, Profit und Übervorteilung aufgebaut. Wenn du weniger als 80% Leistung erbringst, dann sind deine Chancen recht groß, ein Ab – fall – produkt der Gesellschaft zu werden. Ironie des Schicksals: Was Betroffene in dem Gebiet zwischen „sozialer Hilfe" und „Wiedereingliederung" an Demütigungen beizeiten erleben müssen, ist ein Armutszeugnis der so genannten „Wohlstandsgesellschaft".

Nun gut, wo es Opfer gibt, da gibt es auch Täter, und umgekehrt. Irgendwie gehören die Pole zusammen. Nur wenn ich mich als Opfer sehe und mich entsprechend verhalte, kann ich die Täter am Leben erhalten.

Was passiert aber, wenn ein Opfer seine Rolle ablegt und selbst das Ruder in die Hand nimmt?

Verstehst du, was ich sagen will? Lasst uns den Spieß einmal umdrehen. Denn auch meine Familie kann ein langes Lied singen von Hartz IV, Wohngeld, Arbeitslosigkeit, Ängsten, Sorgen und Streit.

Aber da gab und gibt es immer die andere Seite. Du kannst zwar mit Hartz IV keine großen Sprünge machen – sprich teure Reisen, Autos und Häuser kaufen, aber du kannst sehr wohl große Sprünge im Denken machen.
Du hast Zeit, vieles zu hinterfragen, und zwar nicht nur deine eigenen Unzulänglichkeiten, sondern auch das Leben an sich.

Mein Bedürfnis ist es schon lange nicht mehr, in dieser Gesellschaft zu funktionieren. Ich gehe mittlerweile von einer ganz anderen Motivation aus. Ich frage mich: Was macht mich als Mensch aus? Wo liegen meine Stärken – Wünsche – Ziele? Was ist mir persönlich wichtig im Leben?
Und das Wichtigste:

Was sagt mir mein Herz, das ich tun soll?

Ja, das ist die allerbeste Methode, um zu sich selbst zu kommen.
Frag dein Herz, wonach ihm ist und wohin es dich drängen will. Folge deinem Herzen, so gut du kannst und dieses muss gar nicht unbedingt etwas mit Jobsuche oder Partner zu tun haben. Dein Herz will dich immer zum Leben führen, und zwar zu deinem ganz individuellen Leben, zu deinem Platz, zu „deiner Aufgabe".

So ist dieses Buch mein Lebensbuch. Ich habe irgendwann angefangen meinem Herzen zu glauben und meiner inneren Stimme zu folgen.

Dein Weg wird mit Sicherheit anders aussehen. Und doch habe ich die leise Ahnung, dass wir „so genannten Loser" letztendlich die Gewinner sein werden, wenn wir etwas Entscheidendes im Leben begreifen!

**Und du wirst es kaum glauben, plötzlich heißt Hartz IV: Zeit haben!
Aus dem System heraus gefallen zu sein, könnte die größte Chance deines Lebens sein.**

In einem bestimmten Moment sah meine persönliche Situation dann so aus...

Und alles ist besser als ich dachte.

Ja, ja, die Gedanken. Eigentlich ist gar nichts los.
Die Welt döst freundlich in der Morgensonne;
Vogelgezwitscher, Autos rollen vorüber,
die Nachbarskinder machen sich auf den Schulweg,
aber in meinem Kopf, da tobt das Unwetter.

Fragt einer, wie ich mich fühle?
Arbeitslosigkeit frisst mal wieder an den Nerven
der Familie. Muss das Haus verkauft werden?
Müssen die Kinder sich neue Freunde suchen?

Nein, das ist ätzend – ich will nicht!
Warum??? Ich bin doch nicht doof!
Und die anderen haben sowieso Schuld an allem!

Und nun folgt in der einen Familie die große Explosion!
Trennung ist vorprogrammiert.
Eine andere begnügt sich ab sofort mit Fahrrädern
und findet das gar nicht so schlecht.
Die dritte verkauft tatsächlich ihr Haus, aber zum Glück
gab es am anderen Ende des Landes noch einen Job.

In der nächsten Familie schleichen sich ganz
merkwürdige Dinge ein – es gibt öfter mal „Haue" -
die Mutter, das Kind, der Vater – oh, da kriegt jeder sein Fett ab.
Laut wird es, na ja, und die Kinder? Werden sie zu kleinen
Bestien oder täuscht das Auge?

Ach ja, da ist ja noch meine Familie.
Das Unwetter in meinem Kopf – die vielen Tränen und
Wutausbrüche – irgendwie geht der Sturm vorbei
und die heitere Morgensonne klopft an das Fenster meiner Seele.

„Hey, schau mal genau hin! Ist das wirklich alles so schlimm?
Hast du nicht zwei wunderbare Kinder – gesund –
fröhlich und voller Tatendrang?
Durch eure wechselseitige Arbeitslosigkeit konntet ihr
viel Zeit zusammen verbringen, gemeinsames Essen am Tisch.

Eure Kinder konnten ihre Sorgen bei euch loswerden,
auftanken, sich regenerieren. Und schaut,
sie sind richtig klasse drauf!"

Und die Sonne scheint stärker durch mein Seelenfenster.
„Denk mal drüber nach. Geht es dir wirklich so schlecht?
Ist dein Kühlschrank nicht recht voll und hast
du nicht auch ein Dach über dem Kopf?
Und was für ein Dach – und was für ein Haus!

Mädchen, dir geht es ziemlich gut, schau mal genau hin.
Gibt es etwas, das dir wirklich fehlt?
Warum seid ihr alle so unzufrieden mit dem,
was euch das Leben beschert?"

**Deine eigenen Gedanken über die Dinge
sind das Einzige, was schlecht daran ist.**

**Die Wirklichkeit ist meist viel freundlicher
als das, was du über sie denkst.**

„Jedes Menschenkind bekommt genau das,
was es für den eigenen inneren Fortschritt benötigt.
Und ihr, ihr Menschenkinder, habt nichts Besseres zu tun,
als euch mit Händen und Füßen dagegen zu wehren.

Komm, ich zeige dir mal, was das Leben alles für dich tut.
Geht es dir gut?
Du hast einen Körper, der noch ziemlich gut funktioniert.
Würdest du nicht ständig deinen Kopf mit belastenden
Gedanken füllen, hättest du sicher noch weniger Kopfschmerzen
und die Ungereimtheiten im Bauch ließen auch nach.

Denn Fakt ist: Du konntest deine Kinder gesund und munter
nach einem leckeren Frühstück zur Schule schicken.
Dein Mann ist zur Fortbildung und du hast jetzt Zeit
diesen Text zu schreiben. Ist das so schlecht?
Der Tee duftet und gleich gibt es noch einen Kaffee.

Du erlebst gerade zwei wunderbare freie Stunden,
in denen du dir Gedanken über das Leben machst.
Wer kann das heutzutage schon, oder vielleicht besser:
Wer tut es? Wenn du morgens um 7.00 Uhr den Bus oder
die Bahn erreichen müsstest, hättest du wohl kaum Zeit dafür.

OK, um 10.00 Uhr beginnt deine Sportstunde.
Irgendwann war es dir eingefallen, dass du,
anstatt alleine in der Küche zu tanzen,
lieber mit ein paar netten Leuten in der Sporthalle
dich frei bewegen wolltest. So bist du zum Verein gegangen
und hast gefragt, ob du eine „Kreativ-Tanz-Gruppe" ins Leben
rufen könntest.

Nachdem du dein Vorhaben näher erläutert hattest,
waren alle mit einem Versuch einverstanden.
Du hattest Zeit – Mittwoch morgens – mal schauen,
ob da noch andere Zeit haben.
Ja, und dem war so! Immer wieder finden sich Menschen,
die gerne dein Tanzangebot annehmen.
Und du bekommst sogar noch ein wenig Geld dafür."

**Mache das, was dir Spaß und Freude bringt, und das Leben
(manche sagen das Universum) zieht alles an, was dem entspricht.**

„Hm, als Übungsleiterin im Sportverein sollte man zumindest
einen Grundkursus absolviert haben. So schickte man dich zu
einer Schulung. Diese Ausbildung wurde dir bezahlt,
und nicht nur diese! Du hast so viel Spaß daran gehabt,
dass du gleich noch die Aufbaukurse und die folgenden Lizenzen
erworben hast. Der Verein hat dich als Nachfolgekraft für den
Seniorensport auserkoren.

Na, und weil dir das immer noch nicht reichte,
hast du ein paar extra Trainer-Lizenzen daran gehängt:
Rücken-Fit, Osteoporose-Prävention und Stressbewältigung.
Hui, ganz schön dynamisch, und du klagst?
Hast du nicht `ne Menge gelernt?"

Kann es sein, dass nun einige Leser abdriften?
„Ja, die hat Glück gehabt – die ist wahrscheinlich auch topfit?"
An alle Leser, die gerade in ihre alten Gedankenmuster zurück fallen.

<u>Frage Dich:</u>
Kannst du dich bewegen?

**Hast du freie Zeit, um dir über das Leben Gedanken zu machen?
Gibt es etwas in deinem Leben, was dir Freude bereitet?**

Wenn du diese drei Fragen mit "ja" beantworten kannst,
dann hast du eigentlich schon gewonnen. Warum?
Das versuche ich dir auf den folgenden Seiten einfach zu erklären.
Und das Beste: Es ist wirklich EINFACH !

**Schau richtig hin,
du bist, was du denkst.**

Kreativ-Tanz oder auch MoveMental-Dance

Musikgeschmäcker können sehr verschieden sein, aber auf irgendeine Musik steht jeder. Und was ist befreiender, als sich so richtig ausgelassen nach seiner Lieblingsmusik zu bewegen? Da werden nicht nur reichlich Kalorien verbrannt (süße, kleine Fettzelle), sondern da kommt so einiges in Bewegung.

Und Bewegung hebt die Stimmung!!! Wenn du so richtig in Wallung kommst, werden in deinem Körper Glückshormone ausgeschüttet. Durch die körperliche Muskelbewegung kommen die Nervenzellen im Gehirn in Schwung. Das Gehirn wird nicht nur besser durchblutet, es denkt auch kreativer.

Und jetzt kommt der Trick! Und das nenne ich MoveMental-Dance.

Versuche, dich neu und anders zur Musik zu bewegen. Stell dir vor, du seiest Wasser oder Wind, ein Punker, eine Ballerina, ein Baum, eine Blume oder ein Vogel. Es hilft anfangs sehr, an etwas Konkretes zu denken, sich in etwas hinein zu versetzen. Schwieriger wird es, wenn du versuchst, einzelne Körperteile mit bestimmten Instrumenten tänzerisch zu verbinden.

Da kann man experimentieren, es macht Spaß und du wirst fitter.
Für mich ist MoveMental-Dance (hab ich mir so ausgedacht) jedoch erst vollkommen, wenn ich an gar nichts mehr denke, wenn sich mein Körper wie ein Resonanzbogen selbstständig zur Musik bewegt. Völlige Hingabe – kein: das ist aber doof - oder Widerstand mehr. Körper und Musik sind EINS. Du siehst dem Körper dann ziemlich genau an, welche Musik gespielt wird, auch ohne diese zu hören.

Die meisten Menschen können sich nicht frei bewegen. All die Hemmungen, Ängste, Peinlichkeiten, mangelndes Selbstvertrauen, Unbeweglichkeit, und und, und, ...
Und das ist doch so was von egal!!! Jeder fängt da an, wo er oder sie eben anfängt, und es ist auch völlig egal, wie es aussieht. Fang erst mal an, es alleine zu machen - Musik an – und los geht's. Hey, Musik ist der absolute Motivator. Dann ist Bewegung nicht mehr anstrengend oder langweilig.
Du findest einfach Spaß mit dir selbst, mit dem Leben, und du entdeckst ungeahnte Seiten. Du wirst dich vor Lachen kaum halten können. Sei einfach richtig schön blöd und albern dabei – glaub mir – das wirkt Wunder – und tut so gut!!!

MoveMental-Dance

Es geht wirklich darum, das eigene Denken in neue Bahnen zu lenken.
Und weil das nicht so einfach ist, fang erstmal mit dem Körper an.

Süße kleine Fettzelle

Na, was schwabbelt denn da herum,
macht Dich schwer und etwas krumm,
lässt Dich aussehen wie aufgedunsen,
vorm Spiegel vergeht Dir dann das Grinsen.

Hast geschluckt, geschlungen und nicht gehandelt,
das Leben in Dir in Tod verwandelt,
eigentlich wolltest Du was anderes machen,
Ideen und Ziele, das ist ja zum Lachen.

Merkst, wie die Trägheit an Dir nagt,
hast Dich stets über die Umstände beklagt,
ach, gib es doch zu, Du hast versagt,
bist Dir selbst nicht treu gewesen,
hast andere bestimmen lassen Dein Leben.

Klar, Du kannst sagen, es ist zu spät,
der Zug ist abgefahren, nichts mehr geht.
Du kannst aber auch nach innen hören,
irgendwo, ganz tief in Dir drinnen schwören,
dass da noch etwas anderes lebt,
irgendwas, das leuchtet und zu Dir steht.

Eine Stimme kaum hörbar – sie klingt von fern,
ich bin das Leben, Dein leuchtender Stern,
schau mich an, was aus mir geworden ist,
verbring die Zeit nur noch in Finsternis.

Bin gefesselt in lähmende Gedankenkreise,
gabst mir Feuer auf die süße Weise.
Meinst, dass Zucker, Pizza und Schogetten
das Leben in Dir retten, dass Likör, Bier oder Wein,
neue Kraft lässt in Dich hinein.

Guck dich an, Du fette S_ _ , süße kleine Fettzelle
voll gefressen, ausgebrannt und ziemlich lau.
Entschuldigung, das war jetzt nicht so bös gemeint,
es ist nur wie es äußerlich so scheint.

Merk doch endlich, dass es noch eine andere Möglichkeit gibt,
es kann niemand dich zwingen, ich bin es, der Dich liebt.

Dich liebt, so wie du bist,
mit Schwabbel, Bier und Schokolade,
oder sind`s Tabletten, Heroin und Pilze gerade?

In diesem Fall bist Du jetzt wahrscheinlich nicht so dick,
dies Feuer verzehrt, lässt Dich die Hölle von innen erleben,
da bleibt nicht viel Fettes an Dir kleben.

Du kannst versuchen mich zu leugnen,
ich kann warten - - - - - Du wirst leiden.

So, wer oder was spricht hier nun,
wo waren wir stehen geblieben,
was war das mit dem Lieben?

Merk doch endlich, dass es noch eine andere Möglichkeit gibt,
es kann niemand Dich zwingen, ich bin es, der Dich liebt.

Hey, guck mal in Dich hinein,
kannst oder willst Du nicht doch anders sein?
Dann sei es – es ist nicht schwer.
Es ist sogar viel einfacher als Du denkst,
wenn Du mir nur mal ein wenig Aufmerksamkeit schenkst.

Das Rezept zum Ausprobieren -
sich heiß laufen, niemals frieren,
nicht mehr nach der Torte gieren,
jetzt nicht die Geduld verlieren,
FDH bringt´s garantiert, hast auch Du es schon kapiert?

Diäten hin, Diäten her, da bleibt der Bauch doch ziemlich leer.

Irgendwie ist es das noch nicht gewesen,
musst vielleicht doch weiter lesen,
ein Strickmuster ist darin versteckt,
der Schlüssel wohl woanders steckt.

Gedankenkreise

Gedanken drehen sich herum,
herum und wieder herum,
die Welt besteht nur aus drehenden Gedankenkreisen
dumm - ? - dumm-di dumm-di dumm.

Stets die gleichen Geschichten, berichten
von Gerüchten, Pflichten und Vernichten.
Fragst Du, warum die Welt ist dumm?
Nein, sie ist nicht dumm - didumm - didummm
Sie dreht sich nur herum, herum und wieder herum.

Unsere Gedanken, sie drehen das Rad,
verteilen die Saat, wiederholen die Tat
eine Saat ohne Rat ist meist fad.
Gedanken, sie schwanken von Gefühl zum Verstand,
von Verstand zu Gefühl, von Gefühl zum Verstand,
und bist Du immer weggerannt?

Wir rennen und pennen und flennen und kennen
doch nichts von dem Einen, dem All, dem Schall,
dem Hall, dem Fall - Urknall.

Wer bist Du, wer bin ich? Kennst Du mich?
Ich frage Dich, wer kennt sich, wer kennt den anderen?
Der Du nicht bist oder bist Du es doch?
Wen kennst Du noch?

Kennst Du die Gedanken - Wesen,
welche kommen und lesen, was Du denkst?
Du ihnen einen Ort für ihr Dasein schenkst.
Ohne Dich sie könnten nicht bestehen, würden verwehen,
könnten nicht sehen, nicht gehen oder flehen,
wären kraftlos und ein Nichts.

Unsere Welt würd` vergehen, aufhören zu bestehen,
sich zu drehen, zu drehen - rundherum.
Die Welt besteht nur aus drehenden Gedankenkreisen,
dumm - ? - dumm-di dumm-di dumm.

Stets die gleichen Geschichten, berichten
von Gerüchten, Pflichten und Vernichten.
Fragst Du, warum die Welt ist dumm?
Nein, sie ist nicht dumm – didumm – didummm
Sie dreht sich nur herum, herum und wieder herum.

Unsere Gedanken, sie drehen das Rad,
verteilen die Saat, wiederholen die Tat,
eine Saat ohne Rat ist meist fad.
Gedanken, sie schwanken von Gefühl zum Verstand,
von Verstand zu Gefühl, von Gefühl zum Verstand,
und Du bist immer weggerannt?

Pentagramm Original Acryl 120x120   Stoffregen

Freiheit

Frei sein - wie ein Vogel im Wind
Frei sein - ein Segelboot auf dem offenen Meer
Frei sein - im eigenen Haus, Garten, auf dem Motorrad

Freiheit - ein Traum, den jeder Mensch träumt,
und doch, das tägliche Leben zeigt uns unsere Grenzen,
unsere Mauern, unsere Ohnmacht.

Ohnmacht - ohne Macht - über die "Freiheit",
wir haben es nicht in der Hand, was morgen ist.

Und doch, wir tragen diese Idee der Freiheit irgendwo
in uns verborgen;

- manchmal scheint sie ganz nah
- manchmal ist sie in weiter Ferne

Freiheit, was bist du?
Freiheit, wo bist du?
Freiheit, wie bist du?

Und es gibt sie doch!
Und sie ist dort,
wo sie niemand sucht.

In dir selbst.

Geld kann man nicht essen   Ausschnittvergrößerung   Stoffregen

Hurra, wir leben noch (Autor unbekannt, per E-mail bekommen)

Wenn du nach 1980 geboren wurdest, hat das hier
nichts mit dir zu tun... Kinder von heute werden in
Watte gepackt..........weiterlesen.

Wenn du als Kind in den 50er, 60er oder 70 Jahren
lebtest, ist es zurückblickend kaum zu glauben, dass
wir so lange überleben konnten!

Als Kinder saßen wir in Autos ohne Sicherheitsgurte
und ohne Airbags.
Unsere Bettchen waren angemalt in strahlenden
Farben voller Blei und Cadmium.

Die Fläschchen aus der Apotheke konnten wir
ohne Schwierigkeiten öffnen, genauso wie die Flasche
mit Bleichmittel. Türen und Schränke waren eine ständige
Bedrohung für unsere Fingerchen.

Auf dem Fahrrad trugen wir nie einen Helm.
Wir tranken Wasser aus Wasserhähnen und nicht aus Flaschen.

Wir bauten Wagen aus Seifenkisten und entdeckten
während der ersten Fahrt den Hang hinunter,
dass wir die Bremsen vergessen hatten.
Damit kamen wir nach einigen Unfällen klar.

Wir verließen morgens das Haus zum Spielen.
Wir blieben den ganzen Tag weg und mussten erst zu Hause sein,
wenn die Straßenlaternen angingen. Niemand wusste,
wo wir waren, und wir hatten nicht mal ein Handy dabei!

Wir haben uns geschnitten, brachen Knochen und Zähne,
und niemand wurde deswegen verklagt. Es waren eben Unfälle.
Niemand hatte Schuld außer uns selbst. Keiner fragte nach
"Aufsichtspflicht".

Kannst du dich noch an "Unfälle" erinnern?
Wir kämpften und schlugen einander manchmal
bunt und blau. Damit mussten wir leben,
denn es interessierte den Erwachsenen nicht.

Wir aßen Kekse, Brot mit dicker Butter,
tranken sehr viel und wurden trotzdem nicht zu dick.
Wir tranken mit unseren Freunden aus einer Flasche
und niemand starb an den Folgen.

Wir hatten nicht: Playstation, Nintendo 64, X-Box,
Videospiele, 108 Fernsehkanäle, Filme auf Video,
Surround-Sound, eigene Fernseher, Computer,
WoW und Internet-Chat-Rooms.

Wir hatten Freunde. Wir gingen einfach raus
und trafen sie auf der Straße. Oder wir marschierten
einfach zu deren Heim und klingelten.
Manchmal brauchten wir gar nicht zu klingeln und gingen
einfach hinein. Ohne Termin und ohne Wissen unserer
gegenseitigen Eltern.
Keiner brachte uns und keiner holte uns...
Wie war das nur möglich?

Wir dachten uns Spiele aus mit Holzstöcken
und Tennisbällen. Außerdem aßen wir Würmer.
Und die Prophezeiungen trafen nicht ein:
Die Würmer lebten nicht in unseren Mägen für
immer weiter und mit den Stöcken stachen wir nicht
besonders viele Augen aus.

Beim Straßenfußball durfte nur mitmachen,
wer gut war. Wer nicht gut war, musste lernen,
mit Enttäuschungen klarzukommen.
Manche Schüler waren nicht so schlau wie andere.
Sie rasselten durch Prüfungen und wiederholten Klassen.
Das führte nicht zu emotionalen Elternabenden
oder gar zur Änderung der Leistungsbewertung.

Unsere Taten hatten manchmal Konsequenzen.
Das war klar und keiner konnte sich verstecken.
Wenn einer von uns gegen das Gesetz verstoßen hatte,
war klar, dass die Eltern ihn nicht aus dem Schlamassel
heraushauten.

Im Gegenteil:
Sie waren der gleichen Meinung wie die Polizei!
So etwas!
Unsere Generation hat eine Fülle von
innovativen
Problemlösern und
Erfindern mit Risikobereitschaft
hervorgebracht.
Wir hatten Freiheit,
Misserfolg,
Erfolg und Verantwortung.
Mit alldem wussten wir umzugehen.
Und du gehörst auch dazu.

Herzlichen Glückwunsch!

Stalaktin   Ausschnittvergrößerung   farbverändert   Stoffregen

Stoffregen

Vielleicht hat sich der eine oder andere schon gefragt, was das für Bilder sind, die dieses Buch illustrieren. Man könnte sagen, sie stammen von einem „unknown artist", einem unbekannten Künstler. Manche Künstler haben kaum eine Beziehung zu Marketing, Geschäft und Geld. Sie leben viel mehr in ihren Beobachtungen, Visionen und Lebensfragen. Diese Künstler haben einen sehr speziellen Blick auf die Dinge, sie nehmen anders wahr. Sie sehen auch ganz andere Dinge, die für sie von Bedeutung sind. In den seltensten Fällen sind dieses materielle Werte.

Die meisten Bilder in diesem Buch sind von Steven Stoffregen.
Am Ende des Buches findet ihr Näheres zu Künstlern und Werken.

Steven hat mich inspiriert. Ja, mir fällt sogar immer wieder auf, dass mir in seiner Gegenwart Zusammenhänge des Lebens bewusster werden. Als Persönlichkeit scheint er kaum in diese Welt zu passen. Als Mensch schwingt mir von ihm etwas Kraftvolles und Wahrhaftiges entgegen. Worte dafür sind schwer zu finden. Wie auch immer; Steven ist in jeder Hinsicht ein ganz besonderer Mensch.

So bedanke ich mich an dieser Stelle von ganzem Herzen dafür, dass er seine Bilder für dieses Buch zur Verfügung gestellt hat. In seinen Bildern findest du so viel mehr, als man in Worten jemals ausdrücken könnte.

Warum bedanke ich mich eigentlich bei ihm? Im Grunde genommen ist es mehr sein als mein Buch. Nein, das ist auch nicht richtig. Irgendwie gehört es noch mehr zu der Kraft, welche „dazwischen" ist oder wirkt.

Vielleicht kommt ja schon bald der Tag, an dem Stevens Originale erneut in einer Ausstellung zu sehen sein werden? Termine findet ihr auf meiner Webseite.
Dann wäre die Prophezeiung wieder einmal Wirklichkeit geworden.

**Folge deinem Herzen, tue, was du gerne tust
und bleibe dir selbst treu.**

Schau einfach mal, was dich als Mensch ausmacht.
Mein Faible war es immer, alles Mögliche in Gedichtform aufzuschreiben...

Wetter

Egal ob Sonne, Wind, Regen oder Schnee,
nie finden wir das Wetter ganz OK.
Scheint die Sonne erst mehrere Tage,
wird sie vielen schnell zur Plage.

Oh, wie ist es heiß, ich schwitze.
Ne, was ist das für ´ne Affenhitze.

Bei diesen Worten wünscht sich
so manch einer einen Schauer,
doch diesen nur für kurze Dauer.

Sind`s jedoch ein paar Tropfen mehr,
werden die Gemüter schon wieder schwer,
wieder muss ein anderes Wetter her.

Lässt dann der Herbstwind die Äste biegen,
Kinder lassen ihre Drachen fliegen,
die anderen Leute sind schon wieder unzufrieden.

Die Sonne im Sommer war nicht so ganz recht,
der Wind im Herbst war auch nur schlecht,
vielleicht kann der Winter uns nun bescheren,
was wir im Moment mal gerade begehren.

Doch wieder mal machte das Wetter
was es wollte, und nicht das, was es sollte.

So langsam aus dem Winterschlaf erwacht
schenkt uns der Frühling neue Kraft.
Durch den Wuchs und durch die Pracht
wird neuer Lebensgeist entfacht.

Alles soll nun anders werden,
lass Dir durch das Wetter die gute Laune
nicht verderben.

Und die Moral von dieser kleinen Geschichte:
„Lieber ein Matschwetter, als gar kein Wetter."

Kian   Original 137x200   Stoffregen

An Menschen, die glauben, dass etwas nicht stimmt.

Gefangen in Strukturen,
gehetzt durch den Schlag der Zeit,
hinterlässt Du kaum sichtbare Spuren,
alles kommt, alles geht, bist Du soweit?

Bist nicht geworden, was Du wolltest,
hast meist getan, was Du solltest,
und fühlst tief in Dir drin,
dass da irgendwas nicht stimmt.

Raff` Dich auf aus dem Netz der Scheingebilde,
brich hindurch durch die Täuschung der irdischen Gefilde.
Du bist nicht erschaffen, um unterzugehen,
nein, lass Dir sagen, Du musst neu auferstehen.

Suche das Leben, welches wirklich Leben ist,
durchschreite den Nebel, der Du selber bist.
Spür in Dir drinnen eine andere Welt,
eine Welt, eine Kraft, die ihre Versprechen hält.

Eine Hoffnung, ein Glaube, der Liebe ist,
ein Mensch, ein Wesen, der Du selber bist.
Was sind wir nun selber, Schein oder Licht?
Du bist immer das, was Du gerade bist.

Denkst Du Gedanken der Schönheit, des Lichts,
in Dir eine neue Sonne aufbricht.
Siehst Du das Dunkel, Hass und Gewalt,
genau diese Kräfte haben Dich bald.

Du machst das Gefäß,

sie sind nur die Füllung,

Du selbst bist der Grund

Deiner dunklen Umhüllung.

Wach auf aus dem Schlaf, aus dem niemand Dich weckt,
es sei denn, dass Du es irgendwann selber checkst.
Du selbst hast die Fäden jetzt in der Hand,
wie das funktioniert, wird allmählich bekannt.

Geh auf die Suche und Du wirst sehen,
ganz viele Menschen auf einmal mit Dir gehen.
Die Zeit ist soweit, sie trennt Täuschung von Licht.
Wünsch Dir von Herzen, dass Deine Sonne aufbricht.

Kian　　　　　　　　Ausschnittvergößerung　　　　　　　　Stoffregen

Malandersherum

Du bist der Führer, der andere an der Nase herumführt.
Du bist ein Gebeutelter, der anderen auf der Tasche liegt.
Du bist weiser als der Schlauste, denn du kennst deine Unwissenheit.
Du bist höher als der Höchste, denn du kennst deine eigenen Tiefen.
Du bist mutiger als die Mutigsten, denn du hältst deine Schwachheit aus.
Du bist reicher als die Reichen, denn du kennst deine Armut
und erst in diesem Wissen kann dir das ALL geschenkt werden.

**Das, was wirklich von Wert ist, gehört uns nicht,
es will nur durch uns offenbar werden.
Es ist immer ein Geschenk und kann auch nur umsonst weitergegeben werden.**

Und was könnte die Botschaft dieses Buches sein?

Sie ist nicht gering. Sie ist sogar außerordentlich revolutionär – für viele unglaublich. Aber diejenigen, welche sich angesprochen fühlen, wissen und spüren, dass es keine leeren Worte sind und schon gar keine leeren Versprechungen.

Das, was „dazwischen" liegt, ist Saphira, der Drache von Eragon; es ist der Phönix, der aus der Asche steigt. Wir sind lebendige Tote. Uns wird nur vorgegaukelt, dass es in unserer Gesellschaft etwas „Lebenswertes" gibt. Aber wie schnell zerrinnt uns alles, was wir meinen zu besitzen, wieder in unseren Händen. Die Materie ist eine Welt des Scheins, des Lernens, der Verwandlung und Auflösung.

Aber die äußere Welt ist nicht alles. Es gibt nicht nur drei Dimensionen; es gibt auch nicht nur vier Ätherkräfte. Nein, wir befinden uns in der Zeit, wo der fünfte Äther, der Feueräther, immer aktiver wird.

Was ist ein Feueräther? Es ist das Feuer der Liebe und zwar ohne Gegenpol – den Hass. Es ist die Liebe, wie sie Christus uns gelehrt hat. Aber diese Liebe einfach nur zu lernen, würde nicht ausreichen. Jeder weiß von sich selbst, wie schnell Liebe in Hass umschlagen kann. Es ist nicht nur ein Lernen, es ist ein von der Liebe beseelt werden.

Es ist Christus in uns. Es ist die Wiederkunft Christi im Äther. Christus ist der Feueräther, er ist der Weg – die Wahrheit - und das Leben. Er ist der Phönix, der aus der Asche – aus dem „Todesser" – aus dem Menschen des Todes, aufersteht, um ihn zu verwandeln für eine wahrhaft menschliche Welt.

Der Stall von Bethlehem ist unser Herz, in welchem das Christkind geboren wird.

Unser Verstand, unser Kopf hat längst die Hörigkeit an Ahriman übergeben, den Herrscher dieser Welt. Ahriman will angepasste, funktionierende Menschen. Menschen, die sich nach Maschinen richten und genauso arbeiten. Menschen, die nicht viel fragen. Menschen, die die Materie lieben –
der Preis dafür ist der Tod.

Wer ist Ahriman? Die Anthroposophen benutzen diesen Namen. Es soll der Gegenspieler zu Luzifer sein – dem gefallenen Lichtengel. Ahriman möchte Maschinenmenschen haben: Kalt - intelligent - ersetzbar - funktionstüchtig - dunkel. Ahriman kann dir nur ein ALLWISSEN vorschwindeln www (world-wide - web), ALLMACHT durch Reichtum und Bewegungsfreiheit mittels Auto, Flugzeug, Schiff, Raketen – aber wie zerbrechlich und zerstörbar, wie banal und kurzsichtig ist dies alles.

Der Herrscher dieser Welt hat sich auf „künstliches Licht" spezialisiert. Elektrizität durchleuchtet unser Hirn. Das Fernsehen ist die genialste Erfindung menschlicher Scheinwelten.

Wozu brauchen wir in Zukunft Hände und Füße – einen Körper?
Es reicht doch, das Leben „aus der Glotze" zu leben.

Energie   Original Acryl   Stoffregen

Und auch in dieser Beziehung faszinieren mich die Bilder von Steven. Wahrscheinlich hat er noch nie von Ahriman gehört, so wie viele Leser auch nicht, aber Steven hat es geschafft, diese Kraft in Bildern darzustellen.
Nimm dir ruhig ein wenig Zeit und schau, was dir für Gedanken kommen, beim Betrachten des Bildes "Energie". Da steckt 'ne Menge drin.
Übrigens: Wenn man dieses Werk unter Schwarzlicht betrachtet, leuchten die Lichtblitze wie von selbst.

Wo war ich stehen geblieben ?...

Also – im world – wide – web besitzen wir scheinbar alles Wissen, was nur irgendwo zur Verfügung stehen kann. Handys sorgen dafür, dass wir allgegenwärtig und erreichbar sind. Satellitengestützt bist Du leicht zu orten und zu beobachten. Vom urtiefsten - menschlichen Standpunkt aus gesehen leben wir in einer „falschen" Welt.

Der Titel von Stevens Megabild (1,5m x 3m !!!) heißt folgerichtig „Fehler". Nicht jeder kann es vielleicht sofort erkennen; für mich ist der Sündenfall des Menschen auf grandiose Weise in Form und Farbe dargestellt. Wie schade, dass wir es nicht jetzt und hier in Originalgröße betrachten können.

Steven hat nicht studiert, hat kein Abi und eher selten ein Buch gelesen. Er hat aber die Fähigkeit hinzuschauen, zu hinterfragen. Und das, was man sieht, ist für gewisse Menschen dann so frustrierend, dass sie die Welt dafür hassen, dass sie jemals geboren wurden.

Eine ganze Reihe von Stevens Bildern sind so genannte 3D-Bilder, die mit einer speziellen fluoreszierenden Acrylfarbe gemalt sind. Diese bekommen durch das Schwarzlicht einen ganz besonderen Effekt. So hatte ich vor einiger Zeit die Möglichkeit, dieses Bild unter Schwarzlicht zu betrachten. Es ist wirklich sehenswert, wie eine weitere Dimension zum Vorschein kommt.

Schwarzlicht ... was für ein Wort

In der Maßnahme für „Langzeitarbeitslose" war ich seine Dozentin - doch ich brauchte nicht lange, um zu erkennen, dass ich die Schülerin bin und Steven der Lehrer (zumindest für mich).

Fehler   Original 150x300

Steven Stoffregen

„Die Wahrnehmung liegt im Auge des Betrachters"

Was erschließt sich mir, wenn ich das Bild mit dem Namen „Fehler" betrachte?

Für mich ist es der Mensch und der Fall:
(oben rechts beginnend)

- Kristalliner Gedanke, sich von Gottes Geist abwendend

- der Drache in Form einer sich auflösenden Acht (Ewigkeit)

- Beginn der Schöpfungsgeschichte - Adam und Eva

- der Fall in eine dualistische Welt

- der seiner göttlichen Vermögen beraubte Mensch sitzt auf dem Teppich der blutgefärbten Dialektik

- er muss die Treppe zum irdischen Menschwerden hinunter steigen

- als Kind die Treppe der Stofflichkeit hinaufsteigen

- in der Zeit gefangen (Zeitkugel ans Bein gekettet)

- Medusa ist die Herrscherin dieser Welt

- ihr Schlangenhaupt und ihr ganzes Wesen besteht aus der Zweifachheit

- sie verkörpert die Kraftlinienstruktur dieser Naturordnung

- ein dunkler Dämon haucht Gift in die Welt (rechts unten)

- Welten über Welten und Himmelskörper entstehen

- ein Auge schaut auf die Zeichen des Buddha

- ein Buddha mit einer violett-goldenen Aura (nicht aus Karos gemacht!!!)

- ein Dreizack weist auf den Kreis der Ewigkeit, Dreieck und Pentagramm

Wenn ein Menschenkind durchschaut, dass unsere Gesellschaft – oder auch jede andere Gesellschaft – kein Paradies auf Erden ist und es niemals werden kann, weil unsere Welt nun mal zweipolig ist, dann ist so eine kritische Einstellung leicht nachzuvollziehen. Diese verzweifelten Menschen erliegen leicht der Versuchung, sich mit Alkohol oder Drogen zu betäuben.
Aber welch verhängnisvolles Schicksal!

„Ah, das sind die, welche mit ihrem Leben nicht klar kommen, die nicht arbeiten wollen oder können; ihre Frauen und Kinder schlagen, ihr weniges Geld noch verprassen: DIE LOSER!"

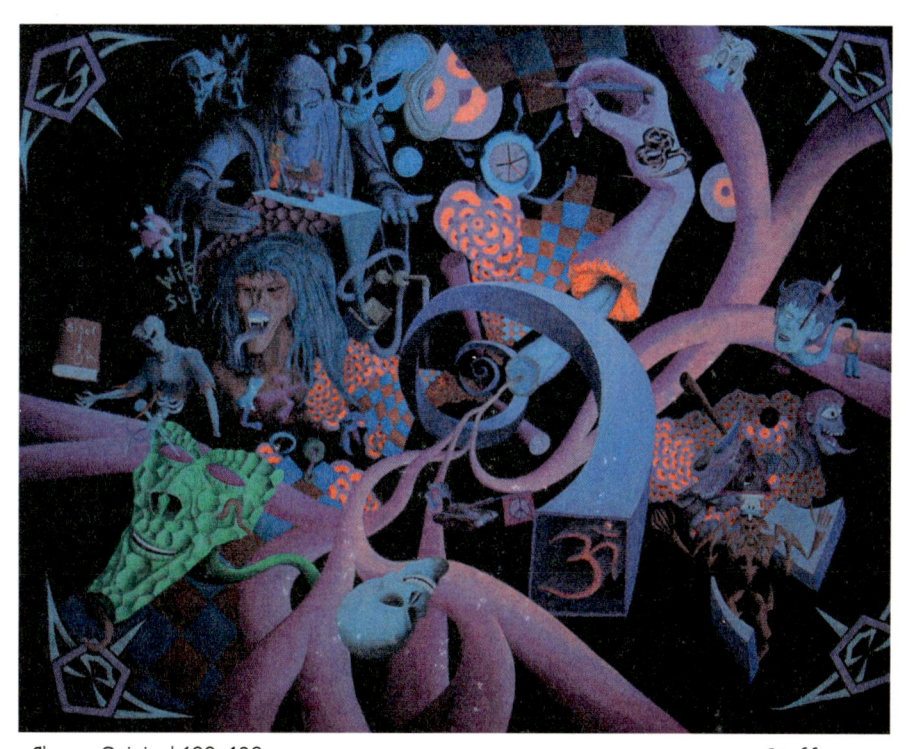

Chaos Original 100x130   Stoffregen

Und schon sind alle finsteren Gedanken anwesend, eine fette dunkle Wolke umhüllt dich – dunkle Wolken – dunkle Wesen – diese wollen auch „nur" leben und zwar von **deinen Lebenskräften**!

Ja, es sind Vampire, welche bei dir andocken und dir Lebensäther abzapfen. Und du wirst schwächer und schwächer – dein eigener Wille geht dahin und du wirst zum Spielball der Mächte.

Jeder von uns kennt das. Finstere Gedanken haben eine Eigendynamik. Hass, Eifersucht, Missgunst, Konkurrenz, Streit, Gier, Macht, Angst usw. – sie machen uns krank, blind, depressiv.

Dunkle Wolken – Dunkle Wolken stellen sich zwischen die Sonne und dich selbst. Man sieht nicht mehr richtig, es wird trüb und unklar. Was kann diesen Zustand beseitigen? Das Licht!

Ich bin das Licht der Welt – die Erkenntnisfähigkeit des Menschen.

Christus ist nicht ein langhaariger Mann mit Bart von vor 2000 Jahren. Christus ist die Kraft, welche die dunkle Materie mit ihrem Licht durchkreuzt. Es ist die Schwingung, die überhaupt alles erst zum Leben erweckt – die Sonne – Wärme – Licht – der Funke in deinem Herzen. In der höchsten Form ist es die Liebe Gottes und mit einem Mal bekommt das Ganze einen Sinn.

Die Welt der Materie kann nichts anderes als dunkel sein, wenn kein Licht, kein Christus/Krishna vorhanden ist. Die Erde ohne Sonne wäre Eis, gefroren, kristallisiert. Ein Mensch mit einer inneren „Sonnenfinsternis" verliert sich früher oder später in einem dämonischen Chaos oder wird zu einer kalten, berechnenden Maschine.

Die Liebe ist erfroren.

Der Mensch ist kalt.

Für ein menschliches Wesen ist das die Hölle.

... es soll Menschen geben, die eifern nach dem besten Platz ... in der Hölle?!

Sei heiß oder kalt, aber nicht lau.

Hier haben wir mal die kalte und dunkle Variante kennen gelernt. Aber im Grunde genommen ist die graue, die laue Variante die verhängnisvollste. Die Mitläufer, Ausbeuter, die Bequemen, Angepassten und Selbstzufriedenen – mit anderen Worten – WIR ALLE. Wir frönen dem Wohlstand und kümmern uns in erster Linie um unseren eigenen Bauch und um unser eigenes Wohlergehen. Wir drehen alle fleißig am Rad des materiellen Wahns mit. Am Ende rinnt uns zwar alles wieder durch die Hände, weil nichts wirklich Bestand hat, – aber so weit wollen wir erst lieber gar nicht denken.

Meine eigene Lauheit wurde mir vor einigen Jahren in einem „The-Work" Workshop (Byron Katie) schmerzlich bewusst. Ich hatte meinem Mann Lauheit vorgeworfen und dann kam die alles entscheidende Anweisung: „Dreh es um!" Mir schossen die Tränen in die Augen und ich wusste nur zu gut: Wenn hier einer „LAU" ist, dann bin ich es selbst! Habe stets den bequemen Weg genommen - Sicherheit, Anpassung, Erwartungsansprüchen gedient. Und was hatte ich bis dahin wirklich an befreiendem Potential umgesetzt? Was hatte ich aus meinen Talenten, Begabungen (mir als Gabe mitgegeben) und Fähigkeiten gemacht?

Wann bin ich meinen innersten Überzeugungen wirklich treu gewesen?
Ja, aber mit Selbsterkenntnis fängt es nun einmal an. Ich war überglücklich, es endlich gecheckt zu haben. Doch selbst dann folgt immer nur der nächste Schritt. Sich selbst aus den eigenen Strickmustern und Konditionierungen zu befreien, ist wohl das Schwierigste überhaupt. Schwierig? … Na dann fange ich besser gar nicht damit an. Denkst du gerade so etwas? Tue es nicht! Denn auch das sind Einflüsterungen der Mächte, die dich genau sooo haben wollen. Wenn du dich eindeutig zum Leben und zum Licht bekennst, dann ist dieser Weg gar nicht so schwierig, weil er sich von selbst geht.
Versuche, der Stimme deines Herzens zu folgen.

Im weiteren Verlauf schreibe ich über den Weg, so wie er sich mir offenbart hat. Was auch immer bei dir persönlich bei dem Begriff "Christus" an Gefühlen, Hoffnungen, Abneigungen, Enttäuschungen oder Glücksmomenten hochkommt, versuche bitte für einen Moment diese „alte" Belegung für diesen Begriff abzulegen. Tue so, als hörtest du das Wort zum ersten Mal.

Ich bin der Weg, die Wahrheit und das Leben

So hat Jesus Christus sich selbst definiert.
Aber STOP!
Halt deine Gedanken an und lies es noch einmal.

Ich bin der Weg
Wohin? Was für ein Weg? Wessen Weg? Warum Weg?

Ich bin die Wahrheit
Wessen Wahrheit eigentlich? Wahrheit, was ist das?

Ich bin das Leben
Das Leben in der Pflanze? Im Tier? Im Menschen?
Es wird gesagt, die Sonne sei der sichtbare Christus.
Ohne Sonne kein Leben, kein Licht.

Ich bin das Licht der Welt.
Versuche, die Christuskraft von der Person Jesu von vor 2000 Jahren zu trennen. Diese Christuskraft, dieses Christuslicht ist die höhere Erkenntnisfähigkeit des Menschen. Es ist die Einsicht im Menschen, dass der Mensch noch etwas anderes ist als das Tier. Es ist die Ahnung im Menschen, dass es eine höhere Bestimmung für ihn gibt.

Aber, macht sich im Moment jemand darüber ernsthaft Gedanken? Versucht nicht jeder von uns so gut wie es geht, über die Runden zu kommen? Jeder denkt zuerst über die eigenen materiellen Belange nach. Wir haben alle Hände voll zu tun, um unseren Kühlschrank zu füllen; Job, Freizeitgestaltung, Familienzänkereien, Urlaubsplanung, Wohnung, Haus und Garten, TV, Computer – Internet . . . Spiele.

Hey, wann soll ich mir noch philosophische Gedanken machen, das muss man eh studiert haben. Und das Leben – oder wie man es nennen will – geht so dahin. Irgendwie ist man oft unzufrieden, vieles passt einem nicht, aber wo soll man anfangen etwas zu ändern. Wenn alles zäh, schleimig und unangemehm wird? Wenn man so richtig im Schlamassel sitzt? Wenn der Tod mal freundlich herüberlächelt? Plötzlich wachst du auf und stellst die alles entscheidende Frage:

„Was soll das hier überhaupt alles? Welches Spiel wird hier gespielt?"

Und schon bist du am wichtigsten Moment deines Lebens. Um sich diese Fragen zu stellen, musst du nicht studiert haben, kein Schlaumeier oder Chaot sein, nein, du bist einfach "Mensch", der sich fragt, was er wirklich will im Leben. Was macht das Leben aus? Was gibt dem Leben Wert? Was ist Leben?

Junge Menschen finden oft die Kraft, neue Dinge auszuprobieren, andere Wege einzuschlagen und Altes zu hinterfragen, was meistens nicht gern gesehen wird. Leider ist das allgemeine Räderwerk so stark, dass die meisten früher oder später mitgerissen werden und die bewusst gesteuerte Ablenkung sorgt dafür, dass sich keiner „eigene" Gedanken mehr macht.

Nein, in dieser Welt sollst du dir keine „eigenen" Gedanken machen! Alle sind überaus zufrieden, wenn du schlicht und ergreifend die vorgegebenen Gedanken und Bilder nachdenkst und dadurch belebst. Deine Vitalität und Lebenskraft ist die Lieblingsspeise der „Scheinwelt". Ohne unser aller Zutun könnte sie nicht bestehen.

Hineingeschlüpft

Schau die bunten Bildchen, wie sie flimmern
in Küche und Bad, in Wohn- und Schlafzimmern.
Weltweit als Netz direkt vor Deine Seele gesponnen,
die Vernichtung des „Menschseins" hat begonnen.

Dein Leben verschmutzen, benutzen, verhunzen.
Deine Gefühle versauen, verbauen, aussaugen, klauen.
Deine Zeit geht dahin, verrinnt, wo bleibt das Kind?
Es keine mehr sind, Du sie nicht mehr findst
auf Bäumen, beim Träumen, in Scheunen
spielen Verstecken, was aushecken, die Welt entdecken
nee – sitzen im Sessel, vom Spielen gefesselt,
nur noch die Finger zucken, gebannt in die Glotze gucken.

Zucken tut`s noch viel später -
Adrenalin durchzuckt die Lebensäther.

Bewegen sich wie Automaten, fratzenschneidende Kampfsoldaten.
Du kannst ihnen raten, nicht immer vor der Kiste zu braten.
Aber ach, sie sind schon weich gekocht, durchlocht
mit (k)lebenden Gedankenbildern – mit großen Schildern

auf denen steht: **Denk an mich! Kann nicht leben ohne Dich!**
Bin zwar nur Schein, aber Du dann mein - hä, hä, hä, hä, hä
Dafür gibt es Dich dann nicht mehr, Du bist dann lähäheer,
das ist doch fein, ich bin so klein und pass in jedes Äderchen
hinein (geschlüpft).

Du bist dann ich – ich bin so stark und Du nur Quark.
Und wenn Du dann kein Mensch mehr bist,
Held, Kämpfer, Waffe „**Schwamm**" Dein Leben ist,
hast schnell vergessen oder besser nie gecheckt,
welch einzigartiges Geschöpf in Dir verreckt.

Das schöne Bild von einem "Schwammkopf"
mussten wir leider wieder heraus nehmen.

"Geklaut"   Original 50x70   Stoffregen

Es ist auch eine Chance darin zu sehen, dass Maschinen und Computer uns von schwerer oder stupider Arbeit befreien. Wir bekommen dadurch sehr viel mehr freie Zeit; doch was machen wir mit der freien Zeit? Sie wird sofort wieder verplant! Keine Spur von Ruhe und Besinnung, kreativer Neugestaltung und Regeneration.

Die Freizeitindustrie benutzt die gleiche Technik, um den Menschen umgehend wieder zu binden. Das Rad muss sich weiter drehen und fast immer dreht es sich ums Geld. Das ist doch das Höchste auf unserem Gestein. Denn nur Geld macht angeblich unabhängig und frei: Auto, Handy, Computer, Massensportveranstaltungen im high-tecTV, Playstation, DVD, CD, Video, Kino ... Lottoto**tot**.

Das sind Fangarme, um nicht nur Geld, sondern auch pure Lebenskraft und Lebensäther aus den Menschen zu ziehen. Von diesen Kräften leben diese süßen kleinen rosaroten glitzernden (oder auch gewaltig dunklen) Scheinwölkchen, die deine Sicht vernebeln und sich zwischen dir und dem Licht festsetzen.

Der Umgang mit Computern und dem Internet ist als Arbeitsmittel, als reines Hilfsmittel, genial und es sind Dinge möglich, die vor wenigen Jahrzehnten schlichtweg undenkbar waren. Aber dieser Umgang setzt eine gefestigte, stabile Persönlichkeit voraus. Ist die Menschheit wirklich reif für so eine Technik?

Die Würde des Kindes

Aufmerksamkeit, Anteilnahme...

Vielleicht kennst du es aus eigener Erfahrung
und weißt darum, dass es wehtun kann.
Du bist klein, entdeckst die Welt, dich selbst –
so vieles ist neu und Fragen über Fragen türmen sich auf.

Ich erinnere mich noch all zu gut daran, dass mir als Kind kaum jemand „zuhören" konnte oder wollte. Die einzige, die wirklich Zeit für mich hatte, war meine Oma. Ansonsten hatte ich oft das Gefühl, als drangen meine Anliegen oder meine Bedürfnisse kaum bis zu meinen Eltern durch. Entweder war der Fernseher gerade wichtiger oder sie hatten andere Sorgen.

„... Sei ruhig, ich will die Nachrichten hören!

... Ich muss mich beeilen, sonst komme ich zu spät zur Arbeit!

... Sei mal schön leise, Mama schläft jetzt, sie hält Mittagsruhe!

... Ja, ja, ... Hast du eigentlich schon Deine Hausaufgaben gemacht?"

Schaut man heute in die Familienstrukturen hinein, kann von großem Glück gesprochen werden, wenn so eine Oma noch da ist. Viel zu oft wird die Oma durch einen Computer, Gameboy oder eine Playstation ersetzt. Die Oma sitzt währenddessen in ihrer Wohnung oder im Altersheim und kommt sich nutzlos und einsam vor.

Den Begriff „Kommunikationsgesellschaft" muss man sich in diesem Zusammenhang mal auf der Zunge zergehen lassen.
„Kommun" (lat.) = gemeinschaftlich

Was tun wir unseren Kindern an, wenn wir sie gedankenlos diesen Intelligenzmaschinen überlassen? Ist es nicht erwiesen, dass innere Filme und äußere Filme (Realitäten) genau die gleichen Prozesse im Körper aufrufen? Reaktionsmuster werden erstellt, Synapsenverbindungen geschaffen, Emotionen hochgeschaukelt - mit entsprechender Hormonausschüttung.

Kann das gut gehen?

Eine machthabende Person im Mittelalter veranlasste seinerzeit einen Menschenversuch. Alle neugeborenen Kinder, die im Waisenhaus abgegeben wurden, sollten ausschließlich so versorgt werden, dass sie zwar gefüttert und gesäubert würden, aber es war strengstens untersagt, ihnen weitere menschliche Zuwendung zu geben.

Was glaubst du, was mit diesen Babys passierte?
Sie sind allesamt gestorben, und zwar nach wenigen Wochen.
Nicht an Hunger, Durst oder äußeren Misshandlungen,
sondern an seelischem Verenden.

Es gibt eine Nahrung, welcher der Mensch bedarf, ohne die er nicht leben kann, ohne die er niemals glücklich werden kann, die komplett unsichtbar und trotzdem in umfassendster Weise lebensnotwendig ist.

Wollen wir es menschliche Wärme, Fürsorge, Anteilnahme, Hingabe oder einfach Liebe nennen? Das Leben ist niemals isoliert, getrennt, einzeln oder unkommunikativ. Alles, was lebt, lebt durch und mit anderen Elementen, Eigenschaften und Kräften zusammen.

**In und durch Liebe wachsen wir hin zu unserem Nächsten,
hin zur ganzen Schöpfung mit all ihren Geschöpfen.**

Der heutige Mensch hängt so sehr an dem Äußeren der Dinge,

hat die inneren Welten so weit verdrängt, dass es in naher Zukunft

wahrscheinlich ein böses Erwachen geben wird. Es wachsen zurzeit

viele Menschen mit einer verkümmerten Seele heran, denen man selbst

bei komplettem sozialen Fehlverhalten keinen Vorwurf machen kann.

Wir arbeiten alle auf die eine oder andere Weise an der geistigen

Verarmung unserer Gesellschaft mit.

G e d a n k e n können uns verwirren
Türen k l a p p e n, Fenster **k l i r r e n**
Ist doch der Moment das einzige, was zählt,
zu oft Du Vergangenheit oder Zukunft wählst.
Schau mal in das Jetzt und Hier hinein,
erkenne den Reichtum, den Sonnenschein.

Die Füße, die Dich tragen
der Schuh, ein Wohlbehagen.
Die Hände können spüren,
öffnen all die Türen.

Schau die Erde, die Dich trägt,
ihren Reichtum Dir zu Füßen legt.
Duft der Blumen, zart und weich,
ach, wie bist Du heute reich.

Spür die Brise auf der Haut,
das Vöglein zu Dir rüber schaut.
Gesang aus hohen Ästen tönt,
wie die Welt Dich heut verwöhnt.

Begegnest lieben Freunden,
die Dir viel bedeuten.
Ohren, die Dir lauschen,
spürst Freude im Herzen rauschen.

Ein Lächeln Dir gegeben,
wird die Stimmung wieder heben.

Nimm nur wahr, lass die Gedanken ruhen,
um reich zu sein, musst nicht viel tun.
Betrachte genau das Wunder des Lebens,
es ist ein Geschenk, in Liebe gegeben.

Jede Begegnung will Dir was sagen,
stelle dem Leben all Deine Fragen.
Du hast das Recht, ein Kind des Lichts zu sein,
öffne Dein Herz für den Sonnenschein.

Ein Geschäftsmann, dem ich vorab das Manuskript zum Lesen gab, fragte mich: „Was meinst Du denn mit Weltenwasser und Weltenlasser?"

Für mich ist es ein Dreiklang, eine Dreieinheit, die ich auch in anderer Form wiederfinde. Ich erkenne in mir den Weltenhasser, denn ich habe schmerzlich erfahren und erkannt, dass Liebe, Freiheit, Gerechtigkeit, Frieden und Weisheit keine absoluten und Bestand habenden Attribute unserer irdischen, materiellen Welt sind.

Das Weltenwasser, sprich all die vielen Erfahrungen meiner Seele, haben mich zum Weltenlasser gemacht. Als Weltenlasser begegnen mir die Liebe, die Freiheit und Gerechtigkeit innerlich - - - im Herzen.

Hier gibt es einen Ort, der anders ist.

Lichtmomente 1   Kaluzinski

Weltenhasser – Weltenwasser – Weltenlasser

Körper	Seele	Geist
Widerstand	Bewegung	Sein
Heiliger Geist	Sohn	Vater
Plexus Sacralis	Herz	Haupt
Eigenwille	Wahrheit	Wissen
Polarität	Mittler	All-Eine
Tod	Leben	Liebe
Zeit	Jetzt	Ewigkeit
Festhalten	Verschenken	Umfassen

Sich selbst treu bleiben

Viele Worte, viele Bilder – was machst du oder ich nun damit?
Fange am besten damit an, dich selbst so zu akzeptieren, wie du bist. Viele Menschen haben kein gutes Bild von sich selbst. Im Grunde genommen kennen wir unsere Schwächen und Unzulänglichkeiten. Aber paradoxerweise sind genau diese „Schwächen" auch die Schlüssel zum Glück oder, anders ausgedrückt, die Wegweiser auf unserem Pfad.

Einfaches Beispiel: Irgendwann habe ich beobachtet, dass immer rechts im Zimmer oder rechts auf der Anrichte oder rechts neben dem Bett ein Haufen Klamotten liegt. Irgendwelche Sachen, die sich im Laufe der Zeit eben anhäufen. Auf der Anrichte sind es die Post und die Zeitungen, Schulmitteilungen der Kinder, CDs, CT-Hefte, Tesafilm, Büroklammern, Eintrittskarten, Handy usw. Neben dem Bett liegen Berge von Anziehsachen, darunter zwei Körbe mit Badeutensilien. Links neben dem Bett lagern übrigens einige Holzbretter, die vor zwölf Jahren mal Türzargen werden sollten.

Wenn du dich bei dir mal umschaust, wirst du sicherlich ähnliche „Merkwürdigkeiten" finden.
Ich könnte mich jetzt natürlich täglich darüber aufregen, dass diese Türzargen dort immer noch liegen, habe ich auch jahrelang getan. Allein der Aufwand, diese Ecke einigermaßen staubfrei zu halten, ist schon der pure Unsinn. Ich bin sicher, es gäbe einen besseren Platz im Haus dafür. Nun gut, sie haben sich bis heute nicht bewegt.
Glaube es, wer will: Kaum hatte ich diesen Satz im Manuskript verewigt, da fiel meinem Mann nichts Besseres ein (kurze Zeit später in meiner Abwesenheit) diese Holzbretter in den Schuppen zu verfrachten ...
ohne von diesen Worten zu wissen!!!

Vor einigen Jahren ist mir dann der Satz ins Ohr gekommen:
„Das, was ist, soll auch so sein."

Die Realität ist immer zu hundert Prozent folgerichtige Wahrheit. Die Wahrheit ist gleich Licht - gleich Christus - gleich höhere Erkenntnisfähigkeit. Die äußere Realität, welche ich mir erschaffe, alles, was mein Bewusstsein wahrnimmt – für wahr hält, bin ich selbst. Ich erkenne überall meinen individuellen Spiegel, meine eigene kreierte Welt. Alles, was ist, hat irgendwo und irgendwann durch eigene Handlungen oder Gedanken eine Ursache gefunden. Und nun werde ich mit den Folgen konfrontiert.

Doch zurück zu der Anrichte mit diesem Chaoshaufen rechts. Wenn ich das nun selber bin, kann man vielleicht sagen, dass in mir, wahrscheinlich in einer rechten Ecke, noch ein ziemliches Chaos herrscht. Ein Bereich von mir ist unklar, wird so hingenommen, kann aber nicht zum Zuge kommen, weil es keine Ordnung, keinen Plan – keine Struktur gibt.

Aktuell ist es so, dass ich erstens die Motivation und Kraft habe, genau diese Ecke aufgeräumt zu halten und zweitens sich etwas in mir gewandelt hat. **Mensch erkenne Dich selbst.** In welchem Bereich führten mich das Licht und die Wahrheit zu mehr Erkenntnisfähigkeit? Es ist meine Berufung als Mensch. Wo liegen meine Stärken, meine Begabungen, wo meine Schwächen? Gerade die können für den großen Plan so nützlich sein.

Lange Rede, kurzer Sinn. Ich tue jetzt das, was ich schon lange tun wollte, nämlich ein Buch schreiben. Die ersten beiden Texte „Auf der Suche" und „Feuer" habe ich schon vor 25 Jahren geschrieben.
Wir leben in einer Zeit, die gut für Selbsterkenntnis geeignet ist. Da gibt es bergeweise Literatur über okkulte Esoterik und New Age, allerdings kann man sich darin auch leicht verlieren. Vieles brauchen wir davon nicht, obwohl jeder Gedanke an seinem Platz immer ein Spiegel seines Schöpfers ist und letztendlich der Selbsterkenntnis dient.

Wirklich notwendig ist ein Mensch, der denken kann, ein Mensch der Dinge hinterfragt, sowohl bei sich selbst als auch bei dem, was ihm im Äußeren begegnet. Ein Mensch, der Mensch ist oder sein möchte, mit einem Herzen, das lernt zu hören und zu handeln. Und ich bin sicher, jeder der dieses Buch bis hierhin gelesen hat, verfügt über genau diese Eigenschaften, sonst wäre ihm dieses Buch nie begegnet. Deshalb kann jeder jetzt und hier damit anfangen.

Womit?

Hör auf dein Herz.

Ich unterhalte mich oft mit dem da drinnen. Mit wem da drinnen? Mit dem Leben selbst. Und je mehr ich darauf höre, desto mehr kommt mein Leben in Fahrt, bekommen die Dinge einen Sinn, einen großen Zusammenhang, und ich finde mich als ein Teil des Ganzen wieder. In mir entsteht ein Gespür dafür, was Freiheit oder Liebe wirklich ist.

Fehler　　　　　Ausschnittvergrößerung　　　　　Stoffregen

Alles, was du wirklich liebst, begegnet dir früher oder später wieder.
Die Substanz der Liebe ist nicht von dieser Welt. Sie kennt keine Zeit, keinen Raum, kein mehr oder weniger.

Liebe ist

Liebe hält alle in einem großen Körper zusammen, umfasst und verbindet. Vergangenheit und Zukunft gibt es nur in den Gedanken der Menschen. Der Mensch braucht Zeit, um zu lernen. Zu lernen oder zu erfahren, dass gestern, heute oder morgen nur eine Zeit-Raumeinheit ist, in welcher er erkennen kann, dass das eigene Handlungsleben nicht (mehr) in der göttlichen Liebe steht.

Doch ist auch sehr viel Trost in dieser Erkenntnis verborgen. Denn was trifft uns stärker als der Umstand, einen geliebten Menschen zu verlieren oder ihn für länger zu verabschieden? Wie unwiderruflich ist der Tod? Verzweiflung ergreift uns, Ohnmacht und Trauer. Ver- zwei -flung. Ein Gefühl der Trennung, eben von „zwei". Ohne - Macht es wieder zusammen zu fügen. Das ist t-rau-rig. Ja, auf der materiellen Ebene ist es definitiv ein Verlust, ein Getrenntsein.

Wenn jedoch die eine, wahre Liebe durch uns spricht, dann bewegen wir uns gleichzeitig in einer anderen Dimension. Hier gibt es kein Getrenntsein. In dieser Liebe besteht die Möglichkeit einander zu begegnen, einander los zu lassen und doch zu wissen, dass man im tiefsten Inneren verbunden ist.

In der Liebe – in Gott – sind wir EINS.

Es leben tatsächlich zwei Wesen in einer Brust. Ein Mensch dieser Welt und ein – man könnte sagen – schlafender Mensch aus der anderen Welt. Nie könnten wir uns Gedanken um Ewigkeit, Unendlichkeit, Allgegenwärtigkeit und Gott machen, wenn nicht etwas aus jener Welt in uns anwesend wäre. Es ist der Keim des Göttlichen, der uns beunruhigt und Fragen stellen lässt. Wir geben uns mit dem „Zweisein" nicht zufrieden. Wir haben hohe Ideale von Glückseligkeit, Frieden und von einem langen, nicht endenden Leben.

Doch etwas von uns wird früher oder später wieder zu Staub zerfallen. Eigentlich wird alles wieder zu Staub zerfallen, bis auf das, was aus Liebe gewebt wurde. Liebe ist die Substanz der Ewigkeit, der Unendlichkeit, der einzigen Kraft, die Bestand hat. Geben wir der Liebe Raum, dann wird sie alles heilen und es zusammenfügen.

Trauer

Trauer ist ein Schmerz des unfreiwilligen Verlustes. Etwas oder jemand hat uns verlassen, oder aber wir mussten gehen und es loslassen.
Wie wenig ruhen wir in uns selbst und sind mit dem einverstanden, was ist?
Wir Menschen sind wie ein Magnet, der durch unsichtbare Kräfte mit allem verbunden ist, was seiner Natur entspricht. Die Dinge, die mit uns verbunden sind, zählen wir zu unserem Eigentum. Wir identifizieren uns mit dem, was an uns haftet.
Etwas von uns lebt in all den Dingen und Wesen, die uns umgeben. Die Quantenphysiker sagen sogar, dass durch unser Zutun diese Dinge erst entstehen, ja, existent werden. Jeder hat seine eigene ganz spezielle Welt. Das äußere Wahrnehmbare ist ein Teil von uns und umgekehrt. Aber das verlangt immer eine Entscheidung: Was wollen wir sehen – oder was können wir sehen? Bestimmte Umstände, Personen oder „Besitz" an Hab und Gut beanspruchen wir für uns selbst. Unser Bewusstsein bestätigt sich diesen vermeintlichen Besitz täglich wieder neu. Und nun entschwindet etwas davon aus unserem Gesichtskreis; es wird uns von einer Sekunde zur anderen genommen.
Es fühlt sich an, als ob ein Teil unseres eigenen Körpers verloren gegangen ist, es schmerzt, wir sind traurig.

Lieber Wolfgang (schwer erkrankt)

gerne möchte ich noch ein paar Zeilen an Dich richten.
Dein Leben hat Dich an eine Grenze geführt. Ob Du willst oder nicht, die Frage nach der Endlichkeit der Dinge und des Lebens stehen eher unerwünscht vor Deinem Bewusstsein.
Warum, warum ich, warum jetzt schon – ich will nicht!!!
Geht es Dir so?
Es ist nicht leicht, tröstende oder gar hoffnungsvolle Worte zu finden, denn alles, was wir erst einmal mit dem Auge wahrnehmen, wird irgendwann vergehen, ob wir es wollen oder nicht, es ist Gesetz unserer Naturordnung. Wenn wir nicht müssen, dann vermeiden wir lieber die Auseinandersetzung mit diesem Umstand. Alles, was wir voller Stolz und Glück in Händen tragen, müssen wir einmal wieder loslassen und zurückgeben. Das Sichtbare ist der Zeit unterworfen und alles verwandelt sich wieder und kehrt zum Ursprung zurück.

Es heißt, der Mensch besteht aber nicht nur aus Vergänglichem.
Dieses Wissen hat mich seit meinem bewussten Denken stets begleitet.
Ja, in mir ist eine ruhige, tiefe, sichere Gewissheit, dass es irgendwo in meinem Inneren eine Wahrnehmung gibt, die losgelöst ist von einem Denken in Zeit und Raum. Es ist wie ein anderer, uralter, schlafender Mensch, der manchmal ein wenig die Augen öffnet und „alte Bekannte" wiedererkennt.

Mir sind Menschen in meinem Leben begegnet, die ich gar nicht so gut kenne und dennoch wecken sie Erinnerungen in mir, als ob ich eine Mutter oder einen lieben Freund aus vergangenen Zeiten wieder sehe. Es sind immer Beziehungen, die durch Liebe geschmiedet wurden und die dadurch etwas Unvergängliches bekommen haben.

Tragen wir nicht vielleicht einen unsterblichen Keim in uns? Kann es sein, dass wir diesem „Anderen" in uns bloß kein Gehör schenken? Wenn wir doch wissen, dass alles Sichtbare stets die Form und Offenbarung ändert, liegt es dann nicht nahe, das Dauernde und Unzerstörbare zu suchen? Ich kann Dir nichts erzählen, was Du eventuell nicht glaubst. Aber gestehe Dir einmal ein, Dein Herz zu fragen, ob es den Ort der Ewigkeit und der Unendlichkeit kennt? Die Welt, welche Liebe heißt?

Und wenn es jetzt brennt und die Tränen aus den Augen kommen wollen, dann lass sie fließen! Die Liebe will durch die dicken Mauern hindurch brechen, sie will Dir sagen, dass sie Dich umschließt, das alles, was wirklich von Wert ist, niemals vergehen wird und alles, was aus Liebe gebaut ist, Ewigkeitswert hat und zum Vater zurückkehrt.

Wenn ich jetzt noch weiter schreibe, dann fang ich an zu predigen und ich weiß nicht, wie wütend Du vielleicht schon über diesen Brief bist.

Finden die Worte Platz in Deinem Herzen, will ich ihn gerne fortsetzen. Wenn es reicht, dann wünsche ich Dir auf diesem Wege Kraft und Tapferkeit.

Euch alles Liebe!   Frauke

Endstation?

Das Leben ist schon sonderbar,
ein Strauß von Blumen wunderbar
des Sonnenlichtes heller Schein,
so sollte es immer und ewig sein.

Doch manche Stund, ich weiß nicht recht,
man fühlt sich einfach nur noch schlecht.
Im Krankenhaus ist man gelandet,
wie ein Schiffbrüchiger gestrandet.

All diese Schmerzen und das Leid -
war ich im Leben nicht gescheit?
Hat man etwas falsch gemacht,
hab` zu spät drüber nachgedacht?

Hier lieg ich nun fast mausetot
alles ist nun aus dem Lot.
Kein Kuchen schmeckt mehr wie vorher,
das Leben wird mir gar zu schwer.

Sterben? Nein, sterben will ich nicht,
weiß nicht was kommt, hab keine Sicht.
Hab Angst vor diesem dunklen Ungewissen,
möchte meine Freunde, Lieben doch nicht missen.

Ach, wäre ich es nur, der gehen müsste,
wäre vielleicht gar nicht mal das Schlimmste.
Aber all meine Lieben zu Hause geblieben,
können sie ohne mich denn sein?
Lasst mich bitte nicht allein!

Könnt ihr auch ohne mich bestehen?
Darf ich vielleicht doch einfach gehen?
Ein Blick hinüber verrät ein neues Land,
ein tragendes Gefühl, wo ich Erfüllung fand.

Keine Sorge nagt mehr an meiner Seele,
ein helles Licht ich dankbar fühle.
Eine Hand – die Liebe – sonnenklar
ein Strauß von Blumen, wunderbar.

Die Schmerzen, sie weichen,
alles wird leicht und froh,
ach, könntet ihr es sehen,
euch wäre ebenso!

Gebt mir einen Wink, dass es ist OK, wenn ich geh`.
Habt keine Angst, das Leben euch zur Seite steh`.

Viel zu oft glauben wir, etwas stünd` in unserer Macht.
Doch der Fluss des Lebens fließt ganz sacht
bis der Tropfen zurück ins Meer kann gehen,
von wo er einst kam, die Welt zu sehen.

Dein Lebenswerk ist nun vollbracht.
Du hast geweint und auch gelacht.
Viel hast Du bekommen, viel selbst gegeben,
denk noch mal drüber nach, wie war Dein Leben?

Was bleibt am Ende dieser Zeit?
Ist alles ausgeglichen, bist du bereit?
Wer das behaupten kann, ist wohl schon weit,
manch einer denkt wohl mehr an Streit.

Kampf, welcher nicht hätte sein gemusst,
eigentlich hat man es ja besser gewusst.
Doch gab es je ein Menschenkind, das hier schon heilig war?
Wir doch alle Menschen im Werden sind, jetzt und immerdar.

Sei getrost, das Leben eigene Wege geht,
damit jeder am rechten Platze steht.

Die Dinge kommen und gehen und wandeln sich.

I c h   b i n   b e r e i t ,

v e r w a n d l e   m i c h !

6.10 Uhr. Heute ist Nikolaus.
Die Stiefel der Kinder sind gefüllt.
Ich kann schon seit 5.00 Uhr nicht mehr schlafen.
Der Kleine hat wieder gespuckt.
Heute bin ich dran mit Laden aufschließen,
eine halbe Stunde bleibt mir noch zum Schreiben.

Kraftlinienstrukturen

11. September 2001, die Welt – unsere Erde – hat einen gewaltigen Schicksalsschlag erlitten.

Denkgebäude und über Jahrhunderte oder sogar über Jahrtausende genährte Denkstrukturen wurden mit einem Schlag aus ihren Fugen gerissen, so dass dieser Schock die jetzige Menschheit nicht mehr verlassen wird.

Macht , Geld, Besitz, Sicherheit, vermeintliche Ruhe der zivilisierten Länder und, und, und...
Diese Kraftlinienstrukturen, nach welchen wir alle in unserer Hochkultur funktionieren, wurden massiv angegriffen, ja wurden bleibend beschädigt.
Aquarius löst auf, zerbricht und lässt Neues entstehen.
Welche Norm wurde bis zum heutigen Tag noch nicht angegriffen?

Es ist nur die Fortsetzung einer Entwicklung, in der die Menschheit sich jetzt befindet. Wir haben uns so festgefahren, unser Denken ist so gottfern, dass nur schwerste Erschütterungen die Menschen noch wachrütteln können. Dieses müssen keine auf religiösem Fanatismus gegründeten Attentate sein, diese reihen sich nur in die Kette der Schicksalsschläge ein.

Nein, die Auflösung bestehender Strukturen nagt an allen Ecken und Kanten. Es ist in unserer Zeit die Aquariusstrahlung, welche zum wiederholten Mal die Menschheit korrigiert. Aber bedeutet es nicht auch eine große Chance?
Die Chance zu fragen:

„Wer oder was bin ich?
Was mache ich auf dieser Welt?"

Geld kann man nicht essen Original 150x300   Stoffregen

64

Rückblick aufs Leben

(Jetzt folgt in weiten Abschnitten mein „älteres Buch", denn den Impuls ein Buch zu schreiben hatte ich schon öfter. Auch auf die Gefahr hin, dass Wiederholungen auftreten, habe ich es im Großen und Ganzen so gelassen, denn irgendwie ist es seinerzeit so aus einem Guss entstanden.)

Mein Hochschulstudium „Wirtschaft und Politik - Schwerpunkt Soziologie" hatte ich zu einem guten Ende gebracht. Politisch bin ich nie gewesen. Habe mich, ehrlich gesagt, auch gar nicht dafür interessiert. Mir ging es immer mehr um die Menschen. Warum sind sie so, wie sie sind? Was hat sie zu dieser oder jener Tat veranlasst?
Mir ging es schlecht nach dem Studium. Mein Kopf fühlte sich wie zugestopft an und mein Herz verlangte nach wahrer Begegnung mit anderen Menschen. Mit diesem Gerede und Theoretisieren wird niemandem geholfen. Folgerichtig suchte ich mir erst einmal einen handfesten Job als Altenpflegerin. Und siehe da, etwas Licht kam in meine Seele. Die Dankbarkeit der hilfebedürftigen älteren Menschen war wie Balsam für mein Herz. Es war keine leichte Arbeit und doch fühlte ich mich nach jedem Wochenenddienst innerlich gestärkt und fester.

Mir kam die Frage in den Sinn, ob der Heilpraktikerberuf nicht eventuell das Richtige für mich wäre. Gesagt getan, bei nächster Gelegenheit saß ich in einer dreijährigen Ausbildung. Doch weit gefehlt! Nach einem Jahr waren die inneren Fragen nach dem Sinn des Lebens, nach unserer eigentlichen Bestimmung als Mensch so drängend und bedrückend geworden, dass ich diese Ausbildung sehr unbefriedigt abbrach.
Nein, auch hier hatte mir niemand eine Antwort auf meine Fragen geben können:
„Was macht der Mensch auf dieser Erde? Leben wir nur, um uns gegenseitig die Köpfe einzuhauen? Ist Kindsein, Erwachsen werden, arbeiten, Haus bauen, eigene Kinder kriegen, streiten, alt werden und wieder in die Kiste springen alles, was uns hier erwartet? Vielen Menschen mag dieses reichen, mir nicht! Für mich stehen Millionen Fragen offen.

Diese beschriebenen Jahre waren von einer heftigen, permanenten inneren Bewegtheit gekennzeichnet. Ich kann die vielen Menschen mit schweren Depressionen, Mutlosigkeit und Lebensängsten gut verstehen. Selbst, wenn rein äußerlich alles gar nicht so schlecht aussieht, kann es innen doch manchmal ziemlich finster sein.

So stand in meinem sehr sporadisch geführten Tagebuch die Eintragung, datiert mit dem 1. Dez. 1987 - im letzten Satz ...

„Eigentlich müsste ich ja jede Minute ausnutzen mit ihm, doch irgendwie zieh ich mich zurück, zurück,

zurück, zurück, ...

zurück ins Licht!"

Dieses Wort „zurück" hatte mich berührt und mitgenommen.
Mitgenommen - hin zu einer Ahnung, hin zu einem Gefühl, zu einer inneren Wärme, hin zu etwas, was man nicht beschreiben kann und doch sein Leben lang gesucht hat. Etwas strömte in mich hinein und erfüllte mich.

Es sind Momente im Leben, kleine Lichtblitze, welche eine schon lang verschüttete Erinnerung in uns wach rufen. Ein Licht ward geboren. Jesus Christus, das Licht der Welt. Ja, ich habe dieses innere Licht sofort mit Christus in Verbindung gebracht, obwohl mir die Evangelische Kirche, in der ich mehr oder weniger groß geworden bin, schon lange keine wirklichen Antworten mehr gegeben hatte.

Nein, diese Christuskraft ist eine Kraft, die über alle Grenzen hinausgeht. Eine Kraft, die in anderen Ländern andere Namen trägt und doch überall die gleiche ist. Tja, wenn man nun so einfach diese Verbindung zu diesem „Sohn Gottes" zu diesem „Mittler" zwischen Gott und Mensch halten könnte, dann wären wir als Menschen sicher schon einen riesigen Schritt weiter.

Diese innere Berührung war für mich der einzige Anhaltspunkt, dem ich wirklich glauben und vertrauen konnte. So waren die darauf folgenden Jahre gekennzeichnet durch ein starkes Ringen, ein Ringen um Licht und ein Kampf gegen die eigene innere Finsternis.

Man schleppt soviel alten Ballast mit sich herum, aus dem eigenen Leben und auch aus den Leben der Vorgänger. Nicht alles, was man für Licht oder gut oder wünschenswert hält, ist im absoluten Sinne Licht oder gut oder wünschenswert. Und doch gibt es die eine Wahrheit. Es muss ein absolutes Wissen geben.

Nach und nach fielen mir Bücher in die Hände. Bücher von Menschen, die ähnlich in ihrem Leben gesucht und gefunden hatten. Jakob Böhme oder Karl von Eckartshausen haben wunderbare Bücher geschrieben über ihre Begegnung mit dem Quell allen Seins.

Liegt hier unsere Bestimmung als Mensch? Irgendwie ist der Mensch dafür gemacht, zumindest hat er latent die Möglichkeiten, wieder in Kontakt mit dem göttlichen Lebensfeld zu treten. Es ist wie ein ganz weit entferntes und zugeschüttetes Wissen um die Dinge der Welt und des Lebens. Ja, es braucht seine Zeit und ein zielbewusstes ständiges Bemühen, diesem Quell der Dinge in sich selbst auf die Spur zu kommen.

Es ist nicht in erster Linie der eigene Wille, der sich zum Quell, zum Licht durchkämpft. Es ist vielmehr die eigene Übergabe, das Stillwerden, das Nichtwollen. Eigentlich ist es immer ein Geschenk. Man kann es nicht festhalten und auch nicht mitnehmen. Es ist wie ein Zu-Hause-Ankommen, sich geborgen und geliebt fühlen. – Innerlich - . Aber äußerlich geht das Leben weiter und da kann es ganz schön turbulent zugehen. Und doch, etwas von dieser inneren Kraft dringt auch nach außen.

Nun ist meiner Suche eine feste Richtung gegeben und alles, was mir im Leben begegnet, was ich selbst durch meinen Seinszustand anziehe, hilft mir auf meinem Weg. Erst einmal alles annehmen, so, wie es ist. Was kann ich daraus lernen, was hat es mir zu sagen? Mein Leben hat einen tiefen Sinn bekommen. Und es lebt sich wirklich ganz anders als ohne diese Perspektive.

Sternchen   2002

Menschen sind wie Sterne,
wandernd in einer Welt ohne Raum und Zeit.

Sie begegnen einander und lernen sich kennen.
Ein Stück gemeinsamer Weg,
um sich dann wieder in den Weiten der Ewigkeit
zu verlieren.

Liebe hält sie umfangen,
Liebe trägt sie zusammen.
Liebe ist das Band, welches alle verbindet,
Liebe ist das Wort, wo einer den anderen findet.

Geh` Deinen Weg, mutig und frei,
die Kraft Gottes immer bei Dir sei.

Lichtmomente 2   Original in Acryl   40x55   Kaluzinski

Dem Licht zugewandt 2002

Zeiten des Schmerzes, der Trauer, des Abschieds;

Dreh` Dich um, schau, das Licht strahlt in voller Pracht,
es reicht Dir die Hand, will Dich tragen,
Dich trösten, Dich erfüllen, nimm` es an!

Phasen des Zweifels, der Zerrissenheit, der Mutlosigkeit.
Bohr nicht weiter, trenne nicht, LASS LOS!
Es ist egal, ob es so oder so ist.
Wende Dich um und lass das Licht Deine Finsternis erhellen.
Es weiß, wie es gut ist.

Alles wird richtig werden, es ist nur dieser eine Moment,
der Dich quält.
Was ist dieser Moment im Lichte der Ewigkeit?

Stell` Dir vor, Du wärst ein Kind des Lichtes,
ein Bewohner der Ewigkeit!
Du selbst ein Licht in der Unendlichkeit.
Ein Licht unter unzähligen Lichtern.

Welch eine Pracht!

Bedenke, es ist Deine Finsternis,
welche Dich von Deinen Brüdern und Schwestern
des Lichtes trennt.

Wende Dich um
und Du bist MITTEN unter ihnen.

Lichtmomente 3   Kaluzinski

Leben lernen

Leben lernen ist das, was wir seit unserer Geburt tun,
ja, viel früher haben wir damit begonnen.

Leben lernen ist das einzige auf dieser Welt,
was wir unbedingt tun sollten.

Leben lernen bedeutet „lebendig sein".
Leben lernen bedeutet „Anteil nehmen".
Leben lernen ist, sich als Teil eines Ganzen zu fühlen.

Was wünscht sich jeder Mensch im tiefsten Inneren?

Er möchte geliebt werden;
er möchte anerkannt werden;
er möchte gebraucht werden.

Weißt Du eigentlich, wie viele Menschen von Dir
geliebt werden möchten? – Ja, die ganze Welt! –
Alle Tiere, Pflanzen, alles, was da ist, wünscht sich
von Dir geliebt zu werden.
Erwartet und hofft auf Deine Liebe.

Genau genommen ist es nicht Deine Liebe,
es ist die Liebe, welche überall und zu jeder Zeit ist.
Sie möchte aber in Deinem Inneren freigelegt werden.
Dein Herz ist die Pforte für diesen Quell der Liebe.

Warum so etwas behauptet wird? Weil es so ist.

Nur in unserem Kopf denken wir anders.
Wir sind es, die sich verschließen.
Wir selbst sind es, welche denken,
dass wir getrennt von allem sind,
dass wir anders sind.

Leben lernen heißt, das Andere in sich selbst wieder finden.
Leben lernen heißt - mitfühlen - - mitdenken - - nachdenken.
Leben lernen heißt Gottes Gedanken „nachdenken".

Wir alle wurden mit so einer großen Anzahl von Möglichkeiten
ausgestattet, dass Leben lernen und lebendig werden unendlich
viele Wege zur Verwirklichung kennt.
Denke über den Sinn und das Leben einer Pflanze nach.
Allein die Gedanken um diese Pflanze und das Verstehen ihres
Organismus erinnert uns an viele Grundprinzipien dieser Welt.
Die Pflanze braucht einen Boden, in welchem sie wachsen kann.
Sie braucht Wärme und Licht, um sich in die Höhe zu strecken.
Sie braucht Wasser, um lebendig zu bleiben. Und sie nimmt sich,
was sie sonst noch benötigt.

Wasser

Wasser – sie braucht Wasser, um am Leben zu bleiben,
um lebendig zu werden.

Weißt du, wie wichtig Wasser auf unserem Planeten ist?
Weißt du, wie wichtig Wasser für jeden Menschen ist?
Wusstest du, dass du größtenteils Wasser bist?
Wusstest du, dass du zu über 70% aus Wasser bestehst?

Vielleicht hast du schon von dem japanischen
Wissenschaftler Masaru Emoto gehört?
Es lohnt sich, in einem Buchladen mal in seinen Büchern
zu blättern oder im Internet unter Emoto hineinzuklicken.

Wasser nimmt unsere Gedanken auf, es speichert sie,
es verändert sich gemäß unserer Gedanken.
„Wir sind, was wir denken!"

Wusstest du schon,
welche schöpferischen und magischen Kräfte deine Gedanken haben?
Ja, sie formen und erschaffen sich und alles, was ihr Leben betrifft,
in jeder Sekunde neu.

Eventuell sind dir die Namen Thorwald Dethlefsen und Frank Wilde schon
mal irgendwo begegnet?

Weltenwasser

Delphine Original in Öl 60x80   Stoffregen

Dethlefsen beschreibt in seinem Buch „Krankheit als Weg", wie wir aus unseren Krankheiten lernen können. Er erklärt uns, was für eine Symbolsprache unser Körper benutzt. Er lenkt unser Augenmerk auf unser Denken und Handeln und er erklärt, wie unsere Gedanken unseren körperlichen Zustand beeinflussen.

Frank Wilde (20 Jahre später; 2003) baut im Prinzip auf diesem Wissen auf. Sein Motto heißt:
„Pass auf, was du denkst!"
Er ist Mentaltrainer von Beruf. Er propagiert einen „sicheren Weg zu Erfolg und Zufriedenheit im eigenen Leben!".
Hier nur einige Sätze, welche immer wieder bei ihm auftauchen:

„Was du denkst, das kommt! Dein Unterbewusstsein transformiert alles."

Denkst du negativ, denkst du schlecht über andere Menschen, dann ziehst du Negatives in dein Leben. Gleiches zieht Gleiches an. Wir umgeben uns unser ganzes Leben lang mit unseren eigenen Spiegelbildern. Wenn uns etwas an einem anderen Menschen nicht gefällt, dann müssten wir, wenn wir ehrlich zu uns sind, erkennen, dass genau dieses Etwas ein blinder Fleck im eigenen Leben ist.

Herr Wilde schlägt seinen Zuhörern vor, die eigene Programmierung und Konditionierung umzustellen – neu zu programmieren –, wichtig ist die „Gedankenhygiene". Nach dem Leitmotiv „Was ich will, das krieg' ich auch" schmettert er seinen Fans gute Ratschläge zu.
„Seien Sie doch mal ein bisschen herzlicher und freundlicher zu ihren Mitmenschen. Lächeln Sie! Lassen Sie ihre Zähne zum Trocknen raus hängen! Und was machen dann die anderen? Sie lächeln zurück!"
„Überlegen Sie sich, was Sie im Leben erreichen wollen. Was wollen Sie für sich, für ihre Familie, in ihrem Job usw. Sie müssen wissen, was Sie wollen! Sie müssen sich ihr Ziel bildhaft, als bereits erreicht vorstellen. Sie müssen sich ihr Ziel in bunten Bildern ausmalen. Der Weg zum Ziel ergibt sich von selbst - fragen Sie nicht wie - ihr Unterbewusstsein weiß es. Achten Sie auf Fügungen und Synchronismen!"
„Aber ihr Ziel muss zum Wohl aller sein! Sie dürfen niemandem etwas wegnehmen. Aber es ist ja genug für alle da …"

So weit ist man heute also schon wieder.
Wir sollen das Glück nicht nur für uns alleine erhoffen.
Denn alles hängt miteinander zusammen. Alles bedingt einander.
Alles hängt voneinander ab.
Am Beispiel Frank Wilde sieht man sehr schön, welche magischen und schöpferischen Kräfte der Mensch hat. Er nennt es Anwendung von „Naturgesetzen". Und in vielen Dingen hat er Recht!
So, wie man in den Wald hineinruft, so schallt es heraus.

„Also, wenn bei Ihnen zu Hause die Post so richtig hammermäßig abgehen soll" (einer seiner Lieblingssprüche), dann sollten Interessierte sich etwas näher mit Herrn Wilde beschäftigen.
Jedem das Seine…

Sicherlich bin ich gerne zufrieden und wer von uns möchte nicht erfolgreich sein? Aber äußerer Erfolg geht irgendwann vorbei und es dauert nicht sehr lange, bis wir kopfwackelnd mit ein oder zwei Stöcken durch die Gegend laufen. Zeugt das Leuchten der Augen dann von einem echten Lebensreichtum, von Wärme und Verständnis für andere?

..... **In den Augen kannst du das Licht leuchten sehen.**
Doch das ist so lange her.
Viele Augen leuchten nicht mehr .....

Hier noch eine kleine Geschichte, die Frank Wilde auf seiner CD erzählt: Mir gefällt dieser Teil des Vortrages am besten.

Der liebe Gott hat einmal drei Engel losgeschickt und hat zu diesen drei Engeln gesagt: „Versteckt die Erkenntnis über die Menschen, damit die Menschen nicht wissen, was sie können."

„OK", haben die drei Engel gesagt, "das machen wir!" Nach einer Weile kamen die drei Engel zurück und der liebe Gott fragte sie: „Na, wo habt ihr die Erkenntnis über die Menschen versteckt?!"
Sagte der erste Engel: „ Ich habe die Erkenntnis über die Menschen auf dem höchsten Berg der Erde versteckt." „ Oh, das ist eine gute Idee. Und wo hast du die Erkenntnis über die Menschen versteckt?", fragte der liebe Gott den zweiten Engel.
Der zweite Engel sagte: „Ich habe die Erkenntnis über die Menschen an der tiefsten Stelle im Ozean versenkt." „ Ja, das hört sich auch gut an", sagte der liebe Gott.
Der dritte Engel aber sagte: „Ich habe es ganz anders gemacht. Ich habe die Erkenntnis über die Menschen bei ihnen innen drinnen versteckt, da kommen die nie drauf! Die zerdenken ja alles vorher schon!"
Soweit diese kleine Geschichte.

Wenn wir nun vom Quell der Liebe und des Lichtes sprechen, spürst du, dass dieses noch etwas anderes sein muss? Du weißt es selbst. Menschen besitzen Häuser, Paläste, Reichtümer ... aber sind diese Menschen darum wie selbstverständlich glücklich? Oder haben sie Angst? Angst, dass ihnen jemand etwas wegnimmt? Angst, dass sie in Gefahr sind? Bedeutet äußerer Reichtum auch immer gleich innerer Reichtum?
Sicher nicht.

Ansichtssache   Illustrator Knut Maibaum Hamburg

Ja, du bist ein Teil des Universums!

Und du hinterlässt Spuren, ob du willst oder nicht.
Deine Spuren sind in den Äther dieser Welt eingraviert.
Du formst und erschaffst diese Welt - so, wie sie jetzt ist –
jede Sekunde mit!

Kannst du Dir vorstellen, was das für eine Verantwortung ist?
Weißt du, wie sehr du gebraucht wirst?
Weißt du, dass jeder und alles deine Mithilfe braucht?
Alles braucht deine Liebe, dein Mitgefühl und deine Anteilnahme.

Wahrnehmung

Wenn du gleich fertig gelesen hast,
und falls es schon Abend ist, dann eben morgen früh,
geh nach draußen.
Stell dir vor, du wärst eine Biene.
Stell dir vor, du würdest zum ersten Mal alleine losfliegen
und die Welt erkunden. Schaue dir alles genau an.
Riech alles, hör genau hin. Was fühlst du?
Flieg weiter.
Wohin führt dein Weg? Zu Betonmauern und Mülltonnen?
Oder führt dein Weg zu den Bäumen und Blumen?
Wie sehen diese Bäume und Blumen aus? Sind sie gesund?
Brauchen sie Pflege, kannst du etwas für diese Pflanzen tun?

Ja, vielleicht warten diese Bäume oder Blumen auf dich?

Mir ist vor nicht all zu langer Zeit ein Buch in die Hände gefallen:
„Was die Naturgeister uns sagen". Im Interview direkt befragt.
Flensburger Hefte Verlag GmbH

Da kann man eigentlich nur staunen, was wir (dummen) Menschen
eventuell alles nicht wissen und wovon wir keine Ahnung haben.

Pilzturm Original 80x120 — Stoffregen

Dieses Buch beschreibt das Leben und Wirken der Naturgeister und Elementalen, ihre Nöte und Hoffnungen. Auf der Rückseite des Buches findet man folgenden Text:

"...Die Naturwesen sprechen über ihre Aufgaben in der Natur und den abgerissenen Kontakt zu den Menschen. Sie schildern die Geheimnisse des Kosmos und die der menschlichen Vergangenheit und Zukunft und erhellen unsere Gegenwart. Sie sprechen über Politik, Naturkatastrophen, über den auferstandenen Christus und das Böse, über Freiheit, Liebe und darüber, wie die Menschen sie erlösen können."

Die Naturwesen wollen mit den Menschen ins Gespräch kommen! ...

Ob der Inhalt dieses Buches der Wahrheit entspricht und wo die Wahrheit überhaupt zu finden ist, sei jedem selbst überlassen. Jeder prüfe in sich selbst, wo tief innen ein Widerhall, ein Wiedererkennen stattfindet.

Denn eines ist gewiss. Wir tragen den Maßstab, das Wissen aller Dinge tief in uns verborgen. Es ist zugeschüttet, latent, es wirkt nicht mehr. Und doch klopft es unentwegt an unsere Seelentür und will befreit werden. Wir tragen den Keim von etwas Göttlichem in uns. Doch wir haben den Kontakt zu diesem ursprünglichen Wissen verloren. Ab und zu steigt etwas in uns auf.

Es muss eine absolute Gerechtigkeit geben.

Es muss einen wahren Frieden geben.

Und irgendwie glauben wir auch daran, dass es so etwas wie Liebe gibt.

Woher kommen solche Gedanken?

Muttertag

Es ist noch früh. Ich höre meinen Sohn. Es läuft direkt vom Bett hinaus in den Garten und kommt dann mit einem duftenden Fliederstrauß und zwei selbst gebastelten Herzen zu mir.
Hell-lila-violetter Flieder! Wie der duftet! Wie schön die Blüten aufgehen! Oh, ist das ein schönes Herz. Da freue ich mich aber ganz doll.
Lass mal sehen, was steht denn da?

Oh, noch ein Herz? ....

Du hast keinen Sohn, der dir Herzen und Blumen schenkt?
Dann sei doch selbst einfach das kleine Kind, welches anderen eine Freude macht!
Was meinst du, wie mein Kleiner sich gefreut hat, als ich mich gefreut habe. Ja, anderen eine Freude machen hinterlässt im eigenen Herzen eine noch viel größere Freude!

„Gebt, so wird euch gegeben werden. Ein volles, gedrücktes und überfließendes Maß wird man in euren Schoß geben." ...

Und auch dieses ist ein Gesetz, das all zu oft in Vergessenheit gerät.

Gib einfach, was du hast! Deine Aufmerksamkeit, deine Anteilnahme, deine Freude und Liebe, dein Verständnis – Blumen – freundliche Worte. Die ganze Welt sehnt sich nach deinen Schätzen.

Nicht unbedingt nach deinem Geld oder Gut. Nein, dein Leben, deine sprühende Lebendigkeit ist das, wonach sich alles sehnt.

Geht es dir gut? Na prima, dann sorge dafür, dass es anderen auch gut geht.

Geht es dir schlecht? Dann schau genau hin.
Was denkst du?
Was denkst du, warum es dir schlecht geht?
Andere haben Schuld? Warum haben andere die Schuld?
Andere sind eben nur so, wie sie eben sind.
Im Moment ist es so und vielleicht können sie auch nicht anders.

Liegt es nicht in deiner ganz persönlichen Entscheidung, wie es dir jetzt geht? Schau mal aus dem Fenster.

Und nun stell dir vor, dass jeder Grashalm, jede Blume, jeder Baum, jedes Lebewesen dort draußen dir zuwinkt. Alle rufen dich und sie sagen:

„Komm, komm her, ganz nah zu mir, ich will dir zeigen, wie schön ich dufte!"
„Komm, komm her, ich will dir meine kleinen zarten Flügel zeigen. Ich halte sie geschützt unter meinem rot-schwarzen Mantel. (Marienkäfer)"
„Schau mal, wie ich mich biegen kann, ohne zu brechen. (Grashalm)"
„Du, wenn du gleich kommst, bring mir bitte eine Gießkanne Wasser mit -- mich dürstet -- so will ich dir im Sommer gerne etwas Schatten spenden mit meiner großen Blätterkrone."

Merkst du etwas?

Alles um uns herum lebt.
Sogar steinharte Materie besteht letztendlich nur aus Schwingungen!

Johanniskraut

Welch sonderbares Geschöpf auf dieser Erd
Lichtstrahlen in Deinem Herzen mehrt,
vertreibt das Dunkel und die Nacht,
damit die Seele wieder lacht.

Kennst Du die Namen, womit es ward bedacht,
es enthält eine unscheinbare, enorme Kraft.
Kleine gelbe Blüten halten ein Mysterium verborgen,
vertreiben all die großen und kleinen Sorgen.

Ihre Form ein Pentagramm -
was der Schöpfer wohl dabei ersann?
Hinfort zu treiben all das Dunkel,
zu schützen Deines Herz Karfunkel.

Nun will ich Dir verraten, wie man es nannte
in fernen Zeiten, als man es noch sehr gut kannte.
Man nannte es Herrgottsblut, Kreuzblut, Kreuzkraut
oder auch Jageteufelkraut und Teufelsfluchtkraut.

Auch Elfenblut ward es schon genannt,
auf steinigen Wegen, in Kieshaufen und Flussufern
man es stets fand,
mit Zauberkraut, so heißt es nun,
kannst Du des Nachts viel besser ruhn.

Das Blut wird rein, die Nerven werden besser sein,
endlich kommt wieder Leben in die Leber hinein.
Mach Dir 'nen Tee oder schmier Dich damit ein,
diese Essenz in einem Öl bringt Dir den Sonnenschein.

Und hast Du dich dann mal verbrannt,
reib dieses Öl mit Deiner Hand
auf jene Stelle, die schmerzt recht arg,
das beruhigt die Haut und macht sie stark.

Zum Abschluss noch ein wenig ausländisch,
wenn Du möchtest, kannst Du das lernen auswendig:
Hypericum perforatum, das weißt du nun,
hat etwas mit – Johanniskraut – zu tun.

Leben lernen ---- das Leben kennen lernen

Was ist das für ein Gefühl, wenn es einem schlecht geht?

Etwas im Inneren zieht sich zusammen. Es hat aufgehört zu fließen.
Alles dreht sich nur noch um eine bestimmte Sache. Etwas wurde einem genommen, oder man hat nicht bekommen, was man sich wünschte.
Man fühlt sich missverstanden, nicht beachtet oder ähnliches.

Es fehlt einem etwas. Meistens gibt man anderen die Schuld für den eigenen Zustand. Aber merkst du nicht, dass du FREI bist? Es ist deine Entscheidung, was und wie du gerade denkst. Oder bist du doch nicht so frei - bist du gebunden oder verbunden mit Gedankenströmen?

Mache jetzt mal einen Versuch. **Eine kleine Meditation.**

Es geht nicht darum, dieses Buch möglichst schnell durchzulesen.
Es geht darum, innerlich etwas zu bewegen.
Es geht darum, neue Räume und Möglichkeiten zu entdecken.

Darum: Lies die folgenden Sätze durch und versuche es einfach mal.

Schließe deine Augen und denke an deine Lieblingsspeise.
Stell dir vor, wie sie duftet, wie sie auf dem Teller liegt,
ja, das Wasser läuft dir im Mund zusammen.

Erinnere dich nun an den schönsten Ort, den du kennst.
Die Landschaft, der Wind auf der Haut, was hörst du?

Und nun siehst du, wie jemand, den du sehr, sehr lieb hast, auf dich zukommt, immer näher und näher ... und ... dich schließlich in die Arme nimmt.

Lies jetzt nicht weiter.

Schließe deine Augen und lasse alles ganz, ganz langsam und tief innerlich geschehen.

Foto: Ricarda Block

Überlege nun: Wie hast Du dich gefühlt?
Vielleicht so?

Etwas in mir wurde weit.
Als ich an das Essen dachte, musste ich schmunzeln.

Dann habe ich mir diesen Ort vorgestellt.
Freude machte sich in meiner Brust breit.

Als ich an DICH dachte, musste ich tief Luft holen. Eine Gänsehaut. Soll ich weinen oder lachen? Die Spannung, bald wieder in DEINEN Armen zu sein, war alles in allem. Unendliche Freude aber auch tiefe Traurigkeit. Mir war als wenn Zeit und Ewigkeit zusammenfallen. Und dann hast du mich in die Arme genommen! Ich falle, falle immer tiefer in diese Arme. Spannung - Einsamkeit - Schmerz - es löst sich auf. Ein Friede - ein nicht mehr sein - ...

Ob wir Dinge wirklich erleben oder ob wir sie uns ganz lebendig vorstellen, in unserem Körper und in unserem Bewusstsein laufen genau die gleichen Prozesse ab. Unser Ichbewusstsein macht keinen Unterschied zwischen innerer Wahrnehmung und äußerer Wahrnehmung. Wir glauben an das, was wir denken und fühlen und an das, was wir sehen und anfassen können.

Es würde mich nicht wundern, wenn jemand einfach angefangen hat zu weinen, richtig herzzerreißend zu schluchzen. Dieser Weltenschmerz, den wir alle mehr oder weniger unbewusst in uns tragen, kommt nun zum Ausdruck. Aber glaube es. Diese Tränen sind nicht vergeblich! Diese Tränen heilen. Sie heilen uns von der Wahnidee des Getrenntseins. Getrennt sein von dem Kraftquell der Liebe.

Vielleicht bist du aber auch einfach nur glücklich. Glücklich, deinen geliebten Menschen bei dir zu haben. Und ein tiefer innerer Friede umhüllt dich. Wie kommt es, dass wir zu unserem wahren Glück einen „Zweiten" brauchen? Oft ist es so. Getrennt sein von dem Kraftquell der Liebe?

Diesen Kraftquell können wir in einem anderen Menschen suchen. Und wenn wir uns verlieben, scheint es auch erst einmal zu funktionieren. Später sieht es oft schon wieder anders aus. Der andere kann unsere Erwartungen doch nicht so ganz erfüllen, und wir erfüllen seine Erwartungen auch nicht immer. Kritik, verletzt sein, Unzufriedenheit usw.
Wir alle kennen diesen Schmerz!

Leben lernen - Mensch sein

Wir Menschen haben eine Angewohnheit. Wir projizieren alles nach außen. In uns ist eine ganz bestimmte Vorstellung von der Welt, vom Leben, von anderen Menschen. So, wie wir die Welt sehen, so ist sie für uns. Aber für jeden ist sie anders! Und jeder denkt sie sich anders. Und da sind wir wieder bei dem Punkt, an dem wir schon öfter waren. Wir denken uns unsere Welt jeden Tag, jede Stunde, jede Sekunde - NEU.
Aber was denken wir da? In den meisten Fällen denken wir doch, dass es uns nicht gut genug geht. Dass wir noch dieses oder jenes haben müssten. Dass der oder die Person viel netter zu uns sein müsste. Dass wir aus irgendeinem Grund ungerecht behandelt wurden oder werden.

Ja, wir hadern mit unserem Schicksal. Wir wollen die Umstände nicht so, wie sie sind! Und was tun wir nun? Wir verbringen unser Leben damit, diese Umstände zu bejammern.

Leben lernen…
Leben lernen heißt lebendig werden
Leben lernen bedeutet Anteil nehmen
Leben lernen ist, sich als Teil eines Ganzen fühlen.

Wenn wir unser Leben damit verbringen, über die eigene Situation zu klagen, weil wir den eigenen Zustand nicht annehmen können, dann verpassen wir etwas!!! Wir verpassen die Möglichkeit, aus unserem Leben zu lernen! Jeder denkt sich die Welt (seine kleine eigene Welt) anders, und da stoßen wir schon auf ein Kernproblem unseres „Menschseins".
Anstatt zu realisieren, dass wir alle Teil eines großen Ganzen sind, dass alles zusammenhängt, einander bedingt und auseinander lebt, stattdessen denken wir: "Hier bin ich und dort ist alles andere."
-falsch gedacht- … platt ausgedrückt.
Ich bin so, weil die Welt so ist, wie sie (eben zu mir) ist. Die Welt ist so, wie sie ist - weil ich so bin, wie ich eben bin. Wäre ich anders und wären wir alle anders, dann würde diese Welt auch anders sein.

Ja, man könnte so einen Standpunkt einnehmen: Alles ist so, wie es ist, weil es eben so ist, wie es ist. Wenn wir einfach so daher leben, ohne viel zu reflektieren, dann ist es in der Tat so.

Aber vergessen wir da nicht etwas Entscheidendes? Wir sind Menschen! Wir sind keine Tiere, welche handeln müssen, wie ihr Gruppengeist es nun einmal vorgesehen und festgelegt hat. Tiere handeln weitestgehend aus einem höheren Instinkt heraus. Aus einem Verhaltensmuster, aus Impulsen, welche die Tiere leiten.
Wir Menschen tun dieses zum großen Teil auch. Darum ist alles so, wie es ist. Wir könnten aber auch anders handeln!?
Es wäre außerordentlich hoffnungsvoll, wenn du in diesem Moment zu dir sagen könntest: „Ich bin bereit, neue Wege in meinem Leben zu gehen und dadurch werde ich mich selbst und andere besser verstehen."
Um sich aus gewohnten Lebens- und Gedankenbahnen ein wenig herauszubewegen, bedarf es Mut, Offenheit und einen guten Willen.
Aber keine Angst, es wird dir nichts genommen, du bekommst nur neue Möglichkeiten in die Hand gelegt.

Ein Experiment

Erforsche dein eigenes Leben.
Warum bist du so, wie du bist?
Warum denkst du so, wie du denkst?

Verbringe einen ganzen Tag damit, dich in andere Personen hineinzudenken. Reagiere mal nicht spontan aus deinem eigenen „ICH-Empfinden", sondern versuche den anderen zu verstehen. Gehe davon aus, dass dein Gegenüber so handeln muss, - so sein muss, wie er oder sie im Moment nun mal ist. Er oder sie kann nicht anders. 1000 Gründe und Umstände lassen den anderen so sein, wie er nun mal ist. Vielleicht kommst Du zu folgendem Ergebnis?

Wenn ich du wäre, wenn ich deine Eltern, deine Herrkunft, deine Schulen, deine Ausbildungen, deinen Werdegang und deine Lebenserfahrungen hätte, hätte ich genauso gehandelt wie Du. (Ich verzeihe Dir)

Versuche Verständnis, Mitleid oder Mitfreude zu empfinden. Verbringe in diesem Bemühen einen ganzen Tag. Beobachte dich selbst und alles andere ganz genau aus dieser speziellen Perspektive.

Ein moderner Song beschreibt diese Haltung auf bemerkenswerte Weise.

If that were me
Melanie C

Where do they go and what do they do?
They're walking on by.
They're looking at you.

Some people stop, some people stare.
But would they help you and do they care?
How did you fall?
Did you fall at all?

Are you happy where you are sleeping underneath the stars?
When it`s cold is it your hope that keeps you warm?
A spare bit of change is all that I give.
How is that gonna help when you've got nowhere to live?

Some turn away so they don't see.
I bet you'd look if that were me.
How did you fall?
Did you fall at all?

Is it lonely where you are sleeping in between parked cars?
When it thunders where do you hide from the storm?
Could you ever forgive my self-pity?
When you've got nothing and you're living on the streets of the city.

I couldn't live without my phone.
But you don't even have a home.
How did we fall?
Can we get up at all?

Are we happy where we are on our lonely little star?
When it`s cold is it your hope that keeps you warm?
Where do they go and what do they do?
They're walking on by.

Verloren Original 40x50　　　　farbverändert　　　　　　Stoffregen

...frei übersetzt:

„Wohin gehen sie und was machen sie?
Sie gehen vorbei, sie schauen dich an.
Einige Leute bleiben stehen, einige Leute starren auf dich,
aber würden sie dir helfen und sich um dich kümmern?

Wie bist du gefallen?
Bist du überhaupt gefallen?
Bist du glücklich, da wo du bist?
Schläfst unter den Sternen.
Wenn es kalt ist, ist es dann die Hoffnung, die dich wärmt?
Eine kleine Abwechslung ist alles, was ich dir geben kann.
Wie soll es dir helfen, wenn du nichts hast, wo du leben kannst?
Einige drehen sich weg, so dass sie dich nicht sehen.
Ich wette, du würdest hinsehen, wenn ich es wär.

Wie bist du gefallen?
Bist du überhaupt gefallen?
Ist es einsam, da, wo du bist? Schläfst zwischen den Autos.
Wenn es donnert, wo versteckst du dich vor dem Sturm?
Kannst du mir je mein Selbstmitleid vergeben?
Während du nichts hast und auf den Straßen dieser Stadt lebst,
könnte ich ohne mein Telefon nicht leben.
Aber du hast noch nicht einmal ein zu Hause.

Wie sind wir gefallen?
Können wir wieder auferstehen?
Sind wir glücklich, da wo wir sind?
Auf unserem einsamen kleinen Stern.
Wenn es kalt ist, ist es dann die Hoffnung, die dich wärmt?
Wo gehen sie hin und was machen sie?
Sie gehen vorbei, sie schauen dich an.

Mir gefällt dieses Lied.
Wenn man sich die Zeit nimmt und den Inhalt dieses Liedes gut in sich aufnimmt, treffen die Worte mitten ins Herz. So einiges wird in diesem Liedertext direkt hinterfragt. Und es ist gut, den eigenen Standpunkt und die eigene Sichtweise der Dinge zu hinterfragen.

Es wäre legitim zu behaupten, dass man, oberflächlich betrachtet, nichts dafür kann, in dieses Leben hineingeboren zu werden, dass man es so kennen und lieben gelernt hat, wie es ist, und dass die Umstände so sind, wie sie sind.
Aber in jedem Menschenleben kommt einmal der Zeitpunkt, Dinge zu hinterfragen. Du stellst dir innerlich die Frage:
„Ist es wirklich richtig so?"
Viele Dinge bedrücken uns, vieles verunsichert uns und irgendwie spüren wir,
    - da stimmt etwas nicht - .
Es ist eine kleine, leise Stimme in uns.
Eigentlich wissen wir ganz genau, dass etwas – ja, sogar vieles nicht stimmt
    - nicht stimmig ist.

Aber womit nicht stimmig ?
Da ist ein Maßstab in uns – ein Gefühl von Recht oder Unrecht.
Ein Gefühl des Unbehagens – aber eben nur ein Gefühl.
Jetzt setzt der Verstand ein.

Kennst du den Spruch?
„Der Verstand ist der Schlächter der Seele!"
Der Verstand ist immer schnell dabei und dreht die Sachen wieder so, dass es angenommen oder zumindest begrenzt akzeptiert werden kann.
Ehe wir uns versehen, ist unsere Ahnung wieder zugeschüttet:
„Die anderen machen es ja auch so und das muss eben so sein."
Zurück bleibt ein dumpfes Gefühl in der Magengegend, das schnell mit Schokolade, Alkohol oder Zigarettenqualm zugedeckt werden kann.
Ahnst du jetzt, dass wir permanent damit beschäftigt sind, weg zu laufen?
Weg zu laufen vor uns selbst.
Wer sind wir Menschen eigentlich? Woher kommen wir und wohin wollen wir? Was macht das „Menschsein" aus?
Frage dich jetzt ernsthaft: Woher kommt das Hinterfragen der Dinge eigentlich?

Das Tier handelt nach Mustern – Instinkten – Erfahrungen.
Das Tier fragt aber nicht: Ist es richtig, was ich tue?
Nein, es handelt spontan nach seinen begrenzten Möglichkeiten.
Der Mensch handelt im Prinzip auch in den meisten Fällen nach vorgegebenen, erprobten Verhaltensmustern. Und wir können ohne Übertreibung behaupten:
Er handelt im Rahmen seiner individuell begrenzten Möglichkeiten!

Der Untergang Original 40x50   Stoffregen

Was unterscheidet uns vom Tier?

Sind wir intelligente Wesen?
Dies dürfte in Anbetracht der grausamen, allgemeinen Weltsituation mit Recht in Zweifel gezogen werden. Zumindest nutzen wir unsere Intelligenz nicht unbedingt für unser aller Gemeinwohl und hier seien alle Lebensformen mit einbezogen.
Auf seine vermeintliche Intelligenz kann der Mensch wohl am wenigsten stolz sein. Haben wir in unserem Leben gelernt, „Mensch" zu sein?
 Was heißt „Mensch" sein?
Spontan steigen in dir vielleicht einige Bilder oder Vorstellungen auf.
Ja, irgendetwas tief in uns drinnen sagt uns, es muss so etwas wie ein
 „wahrhaftiges Menschsein" geben.
Unsere Mutter ... wenn es gut steht, können wir über unsere Mutter sagen, dass wir sie nicht hätten missen wollen.
Ja, sie war immer für uns Kinder da. Zu ihr konnten wir auch gehen, wenn es einem mal nicht so gut ging. Sie hatte etwas Selbstloses und Mitfühlendes.

Mutterliebe ist eine „bedingungslose" Liebe.
Sie liebt ihr Kind, ob es gerade „Dummheiten" macht oder nicht. Im tiefsten Innern fühlt man sich angenommen und geborgen bei ihr. Es ist eine Erfahrung, die dem Menschen eine Art Urvertrauen vermittelt.
Wie erbärmlich muss sich ein Mensch fühlen, der diese selbstlose Mutterliebe nicht empfangen hat!
Diese Menschen sind im Leben stark gefährdet und leiden häufig an einer schweren seelischen Krankheit.

Unbewusst suchen diese Menschen ihr Leben lang –
und ein Stück weit tun wir dieses in der Tat alle! –

nach diesem unverzichtbaren Lebenselixier.

Sich selbst opfern für den Anderen ...

Selbst da sein für den Anderen ...

Anteil nehmen am Anderen ... Leben ist "einander begegnen".

Könnte uns dieses dem „Menschsein" etwas näher bringen?
Mir kommt das oberste Gebot der Bergpredigt in den Sinn:
„Liebe Gott über alles und Deinen Nächsten, wie Dich selbst."

Ja, warum soll ich nicht Farbe bekennen?
40 Jahre lang fragen, hinterfragen, forschen, beobachten, wahrnehmen und lernen, haben mich zu dieser Liebe geführt.

Unabhängig von dem, was wir als Kinder bekommen und erfahren haben, gibt es eine Liebe, welche allgegenwärtig ist.

Diese Liebe kann in jedem Menschenherzen als Quell erschlossen werden.

Liebe ist die einzige Medizin, die unsere Welt wahrhaftig heilen kann.

Liebe ist der gemeinsame Nenner jeder Menschenseele.

Liebe ist das, was wir suchen.

Ein unerwarteter Todesfall

Eine allein erziehende Mutter von vier Kindern, 40 Jahre alt, fällt eines Morgens um und ist tot. Momente, welche mich stark bewegten und folgende Gedanken in mir entstehen ließen.

Einer lieben Freundin und der betroffenen Familie:
Abschied nehmen. Ja, jeder von Euch sollte bewusst Abschied nehmen. Die ersten Momente der bewussten Realisierung solcher Ereignisse sind unfassbar. Es will einfach nicht in das Herz hinein und auch nicht in den Kopf, dass jemand nicht mehr da ist. Du fällst in ein riesiges Loch und spürst eine Ohnmacht, die keiner und nichts füllen kann.

Gebt Euch die Zeit, Abschied zu nehmen. Dieser tiefe Schmerz hat keine anderen Wege als Eure Tränen. Es ist der Schmerz dieser Welt, einer Welt, in welcher nichts beständig ist und alles, mag es noch so fest und sicher erscheinen, einmal wieder zerfällt.

Trauer ist wichtig. Vielleicht gibt es ungesagte Dinge, die man schon lange aussprechen wollte. Sag sie einfach! Sprich Deine Liebe, Deine Entschuldigungen, Deine Dankbarkeit aus. Halte nichts fest. Die Waage des Lebens nimmt auch jetzt noch auf, was Du auf sie legst. Reue, Hingabe, sie können immer noch die Konten begleichen. Doch es kommt auch der Moment, in dem Du den anderen Menschen loslassen musst.

Deine von Dir geliebte Person geht jetzt auf einer anderen Spur weiter. Es ist wichtig zu verstehen, dass der Tod nicht ein großes schwarzes Loch ist. Nein, die andere Seite unseres Lebensfeldes ist für viele nur unsichtbar. Aber für den anderen, der gegangen ist, ist sie genauso wirklich, wie für Dich das Leben hier. Es ist nur anders.

Glaubst Du an einen großen Plan, der alles auf der Erde lenkt? Hast Du Glaubens-Vertrauen in das Leben? Oder versuchst Du alleine das Leid der Welt zu tragen? Vielleicht versuchst Du, Dein Leid allein zu tragen. Tue es nicht. Es wird Dich zerbrechen. Lass die Liebe, die über allem steht, in Dein Herz hinein. Manche nennen es Christus, andere Tao. Es gibt eine Kraft, einen Logos, der alles lenkt. Dein Herz ist die Pforte für diese Kraft. Abschied nehmen, ganz bewusst.

Kannst Du Dir vorstellen, einen geliebten Menschen in die Hände des großen Loges zu geben? Es gibt keinen Zufall. Es passiert nichts einfach nur so. Dahinter steht immer ein Sinn, eine Sinnhaftigkeit, auch wenn wir das nicht begreifen können.

Eure Geschichten haben nicht erst jetzt begonnen. Sie sind Tausende und Millionen von Jahren alt. Wir begegnen einander immer wieder neu. Was heute Mutter und Tochter ist, war einst Schwester zu Schwester oder Freundin zu Freundin. Wir tragen so viele Konstellationen, Lebenssituationen und Erfahrungen aus allen Zeiten in uns, dass wir den

Sinn des jetzt Geschehenen vielleicht nicht gleich erfassen können. Und doch kann und muss es genau so sein, wie es jetzt ist. Wir bekommen die Chance etwas zu lernen und können an den Umständen wachsen. Immer und überall möchte die Liebe in uns wohnen und möchte von uns ausgetragen werden. Öffne Dich für diese Kraft und sie wird Dich führen, Dich stärken und Dich alles verstehen lassen.

Lieben lernen
Leben lernen kann man ein ganzes Stück weit aus dem eigenen Verstandes - und Erfahrungsbewusstsein. (siehe Frank Wilde)

Lieben lernen geht tiefer, viel tiefer.
Lieben lernen führt hin zu einem wahren „Menschsein",
zu einem „Mensch erkenne Dich selbst".
Wer bist du - woher kommst du - wohin gehst du?
Mensch sein ohne die Liebe schließt sich aus.

Das Hohelied der Liebe
Wenn ich mit Menschen und Engelszungen redete und hätte der Liebe nicht, so wäre ich ein tönendes Erz oder eine klingende Schelle.
Und wenn ich prophetisch reden könnte und wüsste alle Geheimnisse und alle Erkenntnisse und hätte allen Glauben, so dass ich Berge versetzen könnte, und hätte der Liebe nicht, so wäre ich nichts. Und wenn ich meinen Leib hingeben würde, um Ruhm zu gewinnen, und hätte die Liebe nicht, so würde mir`s nichts nützen.
Die Liebe ist langmütig und freundlich, die Liebe ist nicht eifersüchtig, die Liebe treibt nicht Mutwillen, sie bläht sich nicht auf, sie verletzt nicht den Anstand, sie sucht nicht das Ihre, sie lässt sich nicht erbittern, sie trägt das Böse nicht nach, sie freut sich nicht über das Unrecht, sie freut sich vielmehr an der Wahrheit, sie erträgt alles, sie glaubt alles, sie hofft alles, sie duldet alles. Die Liebe hört niemals auf, während doch das prophetische Reden aufhören wird und das Zungenreden aufhören wird und die Erkenntnis aufhören wird. Denn unser Wissen ist Stückwerk, und unsere Prophetie ist Stückwerk. Wenn aber kommen wird das Vollkommene, so wird das Stückwerk aufhören. Als ich ein Kind war, da redete ich wie ein Kind und dachte wie ein Kind und urteilte ich wie ein Kind; als ich aber ein Mann wurde, tat ich ab, was kindlich war. Wir sehen jetzt nur undeutlich wie in einem trüben Spiegel; dann aber von Angesicht zu Angesicht. Jetzt erkenne ich stückweise; dann aber werde ich erkennen, wie ich erkannt bin.

1. Korinther Kap.13 Vers 1-13

Gott ist Liebe!
Und in und durch die Liebe werden wir geführt zum wahren Leben. Den Schlüssel zu dieser Liebe tragen wir in uns. Jeder von uns kann diesen Quell der Liebe in sich selbst erschließen und fließen lassen. Fließen lassen für all jene, welche noch auf der Suche sind, auf der Suche nach Anteilnahme und Liebe.

Gebt, so wird Euch gegeben. Ein gedrücktes, ein volles und überfließendes Maß wird man in Euren Schoß geben.

Stößt Dir etwas auf?
Du fragst dich, ob ich jetzt nur noch aus der Bibel zitieren will? Nein, das ist nicht nötig. Wir könnten genauso gut das Tao-Te-King von Lao-tse oder die Lehren Buddhas zu Rate ziehen. Es gab zu jeder Zeit Menschen, welche aus diesem inneren Kraftquell der Liebe und des Lichtes gelebt und gezeugt haben. Die Bibel steht uns Europäern nur am nächsten.

Es ist die eine Kraft - nicht in jedem Land eine andere - die alles treibt und zu seiner Bestimmung führt. Diese eine Kraft ist nicht von dieser Welt – nicht aus unserer irdischen Welt. Sobald sie uns in Worten oder Taten zugänglich gemacht werden soll, wird sie durch unser dreidimensionales Bewusstsein in Stücke zerteilt.

Darum gibt es so viel Streit um diesen göttlichen Quell. Das eine Bewusstsein empfängt diesen Teil der Wahrheit und ein anderes Bewusstsein einen anderen.

Wir Menschen können nicht so ohne weiteres ganzheitlich wahrnehmen. Wir denken immer in „entweder/oder". Wir leben in der Zweipoligkeit (hell-dunkel, groß-klein, Mann-Frau, gut-böse-Welt usw.), um Erfahrungen zu sammeln, Fragen zu stellen und zu begreifen. Wir können von dieser Welt keine absolute Harmonie, keinen Frieden, kein Himmelreich auf Erden erwarten. Aber wir können es in uns selbst suchen ... und finden! Diese „absoluten" Attribute gehen weit über die irdische Schwingungsebene hinaus. Nur der Mensch – oh Wunder – kann ein Wesen zweier Welten werden.

Wende deinen Blick um. Prüfe die Worte, die du gerade gelesen hast, gut. Hinterfrage dein eigenes Leben - deine Sichtweise - deine Urteile.

Hallo, hallo, hörst Du mich?

Hier bin ich. Nein, du brauchst dort hinten nicht zu suchen.
Ich bin viel näher. Näher als deine Hände und Füße!
Wie, du glaubst mir nicht. Doch! Ich bin in dir drinnen.
Ich bin ein Teil von dir - ich gehöre zu dir!

Manchmal denke ich, du hörst mich.
Manchmal meine ich, du spürst mich.
Aber dann tust du wieder andere Dinge.
Und dann merke ich - du hörst mich nicht
und du siehst mich auch nicht.

Es ist alles so laut, niemand hört mich,
und du hörst mich auch nicht.
Aber ich werde warten,
warten, bis du still wirst.

Jage ruhig deinen Träumen, Wünschen und Zielen nach.
Ich habe Zeit, unendlich viel Zeit.
Aber beklage dich nicht, wenn deine Träume in den Händen zerfließen.
Wenn dein fast erreichtes Ziel sich in ein Gefängnis verwandelt.
Murre nicht, wenn ein Wunsch in Erfüllung geht
und du dich trotzdem noch leer fühlst.

Suchst du Erfüllung, die Liebe und das Leben?
Dann wende dich ab von dem lauten Geschrei ohrenbetäubender
Scheinwahrheiten.

Wie, das klingt philosophisch oder religiös? Sei`s drum.

Ich bin alles, was du suchst.
Ich bin alles, was du brauchst.
Wer ich bin?

Ich bin die Quelle des Lebens.
Ich bin die Quelle der Liebe.
Ich bin die Quelle des Lichtes.

Ich bin die Quelle aller Dinge. Auch **deine**.

In meiner Welt gibt es keine Zeit und keinen Raum.
Ich bin immer und überall und in aller Ewigkeit.

Welch ein Geschrei, welch ein Kampf, welch ein Streit
herrscht bei euch Menschen.
Wonach schreit ihr, wofür kämpft ihr, worüber streitet ihr?

Warum habt ihr vergessen, dass ihr alles in euch tragt?
Ja, ihr wisst gar nicht, welch unendliche Schätze in jedem
von euch verborgen liegen!

Hörst du mich?
Siehst du mich?
Fühlst du mich?

Nein, du kannst mich nicht hören. Da sind zu viele Stimmen,
die durcheinander reden. Die eine will dieses, die andere etwas anderes.
Dann gibt es noch die, die sich ungerecht behandelt fühlt,
und jene, welche nicht aufhört, über andere zu plappern.

Es ist nicht so wichtig, wie du mich nennst.
Nenne mich Christus, oder Krishna oder Allah.
Doch suche mich nicht außerhalb von dir.

Versuche mich von dem Ballast und den Lügen zu befreien,
die über die Jahrtausende um mich herum gesponnen wurden!
Ein hässliches und trügerisches Bild hat man aus mir gemacht.
Was man sagt, dass ich sei, das bin ich nicht.

Ich bin eine tonlose Stimme tief in dir.
Dicke Mauern umschließen mich. Befreie mich!
Oh, wie sehr ich darauf warte, dass du mich befreist.
Obwohl ich ohne Raum und Zeit bin, kann etwas von mir
nur durch dich offenbar werden.

Bau nicht noch mehr Wände zwischen uns.
Ich brauche dich - und du brauchst mich!
Ich bin alles, was du dir wünschen kannst,
ich bin alles, was du brauchst, alles, wonach du dich sehnst.

Ein kleiner Spalt, ein kleines Licht bricht durch die Mauern!
Lass uns diesen Spalt größer machen. Ich sag dir wie.
Frag mich und du wirst die Antwort bekommen.
„Klopfet an und es wird euch aufgetan."

Ich bin bei dir, immer und ewig.
Und ich werde warten, bis du mich befreist.
Warten, bis wir uns wieder sehen!
Warten, bis wir uns wieder begegnen.

Ying und Yang　　　　　　　　Stoffregen

Weltenlasser

Foto: Ricarda Block

Eine Milchstraße, ein Wasserfall, eine Aura von Licht?
Wie können wir es wissen, wir begreifen es nicht.
Aus dem Herzen ein Staunen und Raunen erwacht,
es hüllt sich, es füllt sich des Baumeisters Pracht.

Selbst der Stein in seiner Schönheit zeugt von des
Schöpfers Hand, eine suchende Seele längst das Gleichnis erkannt.
Eine lange Geschichte, solch ein Stein in sich birgt,
ins Gewesene, in die Gegenwart, in die Zukunft er hört.

Entfernst Du die Zeit aus des Weltenall Drang,
es bleibt ein unhörbarer allmächtiger Klang.
SEIN ist das All und SEIN ist das Wort,
weder Dein noch Mein, alle Trennung fällt fort.

Du bist die Welt

Du bist die Welt
Du bist das Meer
Sterne in Deinen Händen hältst
Komm, setz Dich zu mir her.

Ein Ozean von Wellen man in Dir find`
Augen so blau und leuchtend sind.
Ein wärmendes Feuer, wie der Sonnenschein,
will gerne ein Schritt auf Deinem Wege sein.

Ein Raum von Kraft, doch noch verborgen,
Perlen des Taus am frühen Morgen.
Ein Lächeln, wie Weite von einem hohen Ort,
ein Sohn, ein Vater, ein Zufluchtsort.

Geh` auf die Suche nach Dir selbst,
die Welt in Deinen Händen hältst.

Dein Kosmos unendliche Vielfalt in sich trägt,
ein Universum Dich zum Schaffen einlädt.
Du bist ein Teil und auch das Ganze,
lass es erstrahlen in seinem Glanze.

Was Dir begegnet, das bist Du selbst,
nimm es an, damit Du nicht fällst.
Doch fallen kann man nur in die Arme des einen großen SEINS
alle Höhen, alle Tiefen sind nur Schein.

Das All liegt im Herzen verborgen,
es gibt kein Gestern, Heute oder Morgen,

wenn - "Liebe" - die Sterne in Deiner Hand,
alles Dunkle ist dann für immer verbannt.

Immerundewig

Du mein Stern in großer Nähe
scheinst mir manchmal ach so fern,
wie ich mich doch nach Dir sehne,
wäre bei Dir stets so gern.

Kann das Immer nicht vollbringen,
geht auch nicht so eben mal.
Bin mit der Ewigkeit am Ringen,
muss warten auf die vollkommene Zahl.

So vieles will nun in mir sterben,
kein Ding von hier hält mich gebannt,
verliert an Farbe, sind`s noch Scherben,
die Freud am Tag ist weggerannt.

Freude, der Sonne Strahlen gleich,
sie wächst woanders, tief im Innern
in Deiner Nähe bin ich reich
kann mich stets daran erinnern.

Auch im Tempel schwingt die große Freud.
So manch ein Buch verbirgt erneut
des Strahlens Kraft – der Liebe rein,
scheint mitten in das Herz hinein.

Wie ist doch anders diese Speise,
kommt unerwartet und ganz leise.
Ist so groß wie nichts zuvor,
spricht von der Ewigkeiten Reise,
durch das eine große Himmelstor.

Ich lieb Dich mehr als mich,
wer bist Du und wer bin ich?
Einst bin ich von Dir fort,
suche Dich an jedem Ort.

Aus Dir geworden, wer bin ich nun?
Kann nicht rasten, kann nicht ruhn.
Suche Dich, wo Du auch bist,
fühle mich einsam ohne Dich.

Brauch Deine Wärme und Deine Nähe,
allein ich schnell zugrunde gehe.
Schickst mich auf die große Reise,
manchmal hör ich von Dir leise.

Hör von schönen alten Zeiten,
lass mich gerne von Dir leiten.
Führ mich hin auf Deine Wege,
mein Herz ich Dir zu Füßen lege.

Wie bist Du nah und doch so fern,
so unerreichbar, wie ein Stern.
Im Herzen tief, weiß ich bestimmt,
dass ich Dich einmal wieder find.

Wo Du bist, kann ich nicht sein,
hast Du mich, dann bin ich Dein.
Stärke mich, wo Du nur kannst,
nimm mich, wenn Du willst, jetzt ganz.

Ich will sterben für Dich allein,
Du bist alles und ich dann Dein.
Nimm mich nur, so soll es sein,
für immer und ewig bist Du dann mein.

Ein Tropfen im unendlichen Ozean
vom Himmel auf den Berg, den Fluss hinan.
Zurück zu Dir - so bin ich angekommen,
mit offenen Armen hast Du mich angenommen.

Schön, dass es Dich gibt *(Mail an D. nach dem Sportkongress)*

Begegnungen verschiedenster Art spielen eine große Rolle in meinem Leben. Ich kann einem anderen Menschen begegnen, Tieren und Pflanzen. Auch Landschaften hinterlassen in mir tiefe Empfindungen.

Nach einer intensiven Begegnung entstehen in mir oft Worte und diese meist in Gedichtform. Als ich zum ersten Mal in der Wüste war, in der Sahara, hatte ich dieses tiefe, innerliche Berührtsein.

Ich war untröstlich, als ich die Wüste wieder verlassen musste. Beim Abschied entstand das Gedicht „Stimmen der Wüste", ich sende es Dir im Anhang.

Deine Offenheit war für mich ein Geschenk. Ich durfte Dir in Deiner Stärke und in Deiner Schwachheit begegnen. Du hast mir Dein Vertrauen geschenkt. Du bist ein wunderbarer Mensch und glaube mir:

Die Welt wartet auf Deine Herzlichkeit, Deine Kraft, Dein Lächeln, Dein Wissen über Bewegung, Dein SEIN als Mensch.
Habe Vertrauen ins Leben.

Alles, was geschieht, ist für Dich! (nicht gegen Dich). Es ist der lange und meist mühsame Weg zur Selbsterkenntnis. Mühsam deshalb, weil wir versuchen, ihn in Eigenwilligkeit zu gehen. Es gibt noch eine andere Möglichkeit ihn zu gehen.

In meinem Lebensbuch findest Du meinen Weg und wie das Leben mich dort hingeführt hat.

Vielleicht kannst Du ähnlich empfinden und mitschwingen, vielleicht ist Dein Weg ein anderer.

Wie auch immer. Ich wünsche Dir aus ganzem Herzen, dass Du Deine Bestimmung und Deinen Weg findest und bin sehr zuversichtlich, dass Du es schaffen wirst. Ich freue mich darauf, von Dir zu hören (wenn Du magst) und verbleibe mit

lieben Grüßen!

Stimmen der Wüste – sie rufen mich
Stimmen der Stille – sie suchen mich

Berührung einer unendlichen Weite,
Momente der Ewigkeit an meiner Seite.

Das sehnende Herz, wie ein Licht in der Nacht,
ein brennender Schmerz aus dem Dunkel erwacht.

Stimmen der Wüste - sie sprechen zu mir,
Stimmen der Stille – bleibe doch hier.

Geh' nicht fort von dem Ort, der das Leben dir bringt,
aus schweigenden Dünen ein Rufen erklingt.

Dring hindurch zu den Pforten der Ewigkeit,
gehe auf in der Liebe, dem Leben, der Freiheit.

Du hast mich berührt, mich geweckt aus dem Schlaf,
Boten des Lichtes mir weisen den Pfad.

Tief innen im Herzen ein Feuer entflammt,
Erinnerungen vergangener Zeiten entbrannt.

Stimmen der Wüste – wie ein Feuerschwert.
Geburt des Lichtes – alles Alte erstirbt.

Stimmen der Stille – gleich einem Chor von Posaunen
vom Leben in Frieden und Glückseligkeit raunen.

Stimmen der Wüste – befreit mich nun,
Stimmen der Stille – sagt mir, was zu tun.

Sterne an einem neuen Firmament erstrahlen,
goldene Fäden zum Hochzeitsfest laden.

Rose der Rosen im Sande erblüht,
Lichter des Lichtes aufs Neue durchglüht.

Kehr nun zurück, oh Menschenkind,
der Vater im Herzen Dich wiederfind`.

Das Größte ist die Liebe – nicht Geld

Was fordert nun der Zeiten Lauf,
die Zeit des Handels und Verkauf?
Die Zeit der Eile und der Hast
Jahr um Jahr ohne Ruh und Rast.

Es ist das kleine Wörtchen Stille,
das uns hebt aus des Lebens Überfülle,
aus atemberaubendem Geschrei,
welches uns ahnen lässt,
dass noch etwas anderes wichtig sei.

Nur Eines kann das Leben retten,
uns befreien aus eisernen Ketten,
uns befreien aus des Schicksals Zwang,
zu gehen an festen Strukturen entlang.

Eine Frage das Leben an uns stellt,
eine große Aufgabe diese Welt
für uns bereitet hält.

Tief in uns drinnen wohnt ein kaum hörbares Wort,
im Herzen an einem verborgenen Ort.
Wartend auf eine Seele, die versteht,
dass es hier auf der Erde nur um Eines geht.

Kennst Du die Kraft, die von der Liebe wird gelenkt,
eine Kraft, welche Christus am Kreuze den Menschen geschenkt.
Eine Kraft, die gelegt in unseren Schoß,
ein Wort, das klein und doch so groß.
Eine Macht, eine Kraft, die größer als alles.
Ihr zu folgen bedeutet das Ende des Falles.

Liebet das Böse gut, Mani einst zu uns sprach.
Ein Gedanke, der aus fernen Zeiten zu uns ragt.
Doch gestern, wie heute und auch morgen gilt,
verwandeln zum Guten kann nur der Liebe Schild.

Wenn nicht mehr Geld, sondern Liebe die Triebfeder ist,
auch Du ein anderer Mensch geworden bist,
der als ein Teil vom Ganzen erklingt,
in Einsicht und Freude seine Aufgabe vollbringt.

Zur Liebe geboren ist
zur Freiheit geboren sein.

Liebe & Freiheit

Liebe SEIN
Freiheit SEIN
ist Gott in Dir

Gott ist Liebe
Gott ist Freiheit
Gott ist Alles

Das Licht ist der Sohn
Die Wahrheit ist der Sohn
Der Weg ist der Sohn
Das Leben ist der Sohn

Im Sohn werden wir zu
Liebe – Freiheit – Gott

Der heilige Geist ist das Vermögen
Der heilige Geist ist die Kraft
Der heilige Geist ist die Umsetzung
Der heilige Geist, das sind die vier heiligen Speisen

Durch die Kraft des Heiligen Geistes
im Leben Christi führt
das Einswerden mit Gott

In einem mittelalterlichen italienischen Text,
den „Mitteilungen an die begnadete Seele",
dürfen wir nachempfinden, wie das Licht in unsere gebrochene Realität
einbricht und in Liebe und Geduld auf unseren ersten Schritt wartet.

Es heißt dort:

Liebe mich, so wie du bist!

Ich kenne dein Elend, die Kämpfe, die Drangsale deiner Seele,
die Schwächen deines Leibes. Ich weiß auch um deine Feigheit,
deine Sünden, und trotzdem sage ich dir:" Gib mir dein Herz!

Liebe mich, so wie du bist!

Wenn du darauf wartest, ein Engel zu werden,
um dich der Liebe hinzugeben, wirst du mich nie lieben.
Wenn du auch feige bist in der Erfüllung deiner Pflichten
und in der Übung der Tugenden, wenn du auch oft in jene Sünde
zurückfällst, die du nicht mehr begehen möchtest,
ich erlaube dir nicht, mich nicht zu lieben!

Liebe mich, so wie du bist!

In jedem Augenblick und in welcher Situation du dich auch befindest,
im Eifer oder in der Trockenheit, in der Treue und Untreue. Liebe mich,
so wie du bist!

Ich will die Liebe deines armen Herzens!
Denn wenn du wartest, bis du vollkommen bist,
wirst du mich nie lieben!

Sicherlich werde ich dich mit der Zeit umwandeln,
doch heute liebe ich dich so, wie du bist, und ich wünsche,
dass auch du mich liebst, wie du bist. Ich will aus den Untiefen
deines Elends deine Liebe aufsteigen sehen!

Ich liebe in dir auch deine Schwächen,
ich liebe die Liebe der Armen und Armseligen.
Ich will, dass von den Elenden unaufhörlich der große Ruf aufsteige:

"Vater, ich liebe dich!"

Ich will einzig und allein den Gesang deines Herzens; ich brauche nicht deine Weisheit und nicht deine Talente. Eines nur ist mir wichtig:

Dich mit Liebe arbeiten zu sehen.

Heute stehe ich an der Pforte deines Herzens wie ein Bettler – ich, der König der Könige! Ich klopfe an und warte! – Beeile dich, mir zu öffnen! Berufe dich nicht auf dein Elend!

Wenn du deine Armseligkeit vollkommen kennen würdest, würdest du vor Schmerzen sterben.

Ich rechne auf dich, dass du mir Freude schenkst! Kümmere dich nicht darum, dass du keine Tugenden besitzt – ich werde dir meine geben.

Wenn du zu leiden haben wirst, werde ich dir die Kraft dazu geben.

Denke jedoch daran, mich zu lieben, so wie du bist!

Was auch kommen mag, warte ja nicht darauf, heilig zu werden,

um dich der Liebe hinzugeben; du würdest mich nie lieben.

Und nun gehe!"

(aus „ECCE MATER TUA" Nr. 268 (Mons. Lebrun), aus dem Italienischen übersetzt)

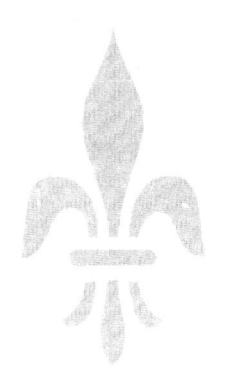

An den Leser

Schön, dass es <u>DICH</u> gibt !!!

Na klar, hab natürlich keine Ahnung, was Du nun so denkst,
aber bestimmt gab es Momente, in denen Du berührt warst.
Und dieses „Berührtsein" ist eigentlich das, was DAZWISCHEN liegt,
ein Verbindungsteil, welches Dich und mich zusammenfügt.

Nicht nur Dich und mich – es ist die Substanz der Ewigkeit,
der Weg, die Wahrheit, das Leben, die Liebe und die Freiheit.

Für einen kurzen Moment schwingt etwas gleich, geht in Resonanz.
In einem anderen Moment überwiegt wieder das „Getrenntsein" ganz.

Am Anfang war das Wort und das Wort war bei Gott und Gott war das Wort.
Du selbst bist ein Wort Gottes tief in Dir drinnen an einem verborgenen Ort.

Gehst Du in Resonanz mit dem EINEN, die Welt in ihrer Unbeständigkeit
wird erscheinen, im Herzen ganz stille hörst Du Gottes Gesang, den EIN-
KLANG.

Schwingst Du mit oder schwingst Du dagegen,
ehrlich gesagt, tun wir lezteres wohl alle im Leben.

Aber diese Stimmgabel, die jeder von uns in sich hat,
gibt uns vielleicht so manch einen Rat ... für die nächste TAT.

Hab im Anhang noch ein paar alte und neue Liedertexte mitgegeben,
vielleicht hast Du Musik dazu gemacht, probiere es einfach mal aus,
ob da irgendwas zusammenpasst.

Lass von Dir hören, wenn etwas Dir gefällt,
die Adresse ist ins Internet gestellt.

Schöne Grüße! auch an Al Jarreau, hätte ihn gerne mal kennengelernt,
einfach so.

In jedem Ende ist ein Anfang verborgen.

I wanna go – I gonna go

I wanna go to Florida
I wanna see the states
I wanna fly to Hawaii
I wanna get outside

Aren`t we stucked up
in a world of cool reality
no room left for fantasy

Go to work
earn money
pay your rent
buy a car
be a puppet
put on your mask

But why? But why?

I wanna go to Florida
I wanna see the states
I wanna fly to Hawai
I wanna get outside

This all makes no sense
I don`t wanna live with that

Sell your car
give up your job
be yourself
take your bag

and try to find out
what`s it all about.

I gonna go to Florida
I gonna see the states
I gonna fly to Hawaii
I gonna get outside   (1983 geschrieben)

Wahre Größe

Es ist nicht schwer, etwas zu sagen,
ohne lange nachzufragen.
Warum hast Du getan,
was ich nicht verstehen kann?

Wahre Größe kennt keine Grenzen.
Wahre Größe kennt nur Geduld.
Wahre Größe unter uns Menschen.
Wahre Größe sieht nicht die Schuld.

Ich spreche mein Urteil,
fühl mich schon verletzt,
schick zurück den Pfeil,
der auch Dich zerfetzt.

Du greifst mich an,
ich schlag zurück.
Das darf nicht wahr sein,
sind wir verrückt?

Wahre Größe kennt keine Grenzen.
Wahre Größe kennt nur Geduld.
Wahre Größe unter uns Menschen.
Wahre Größe sieht nicht die Schuld.

Ich will nicht streiten,
gib dem Bösen keine Chance,
lass` mich nicht verleiten,
hab` auch keine Angst

Wahre Größe kennt keine Grenzen.
Wahre Größe kennt nur Geduld.
Wahre Größe unter uns Menschen.
Wahre Größe sieht nicht die Schuld.

LHR   Original 99x99   Stoffregen

Proben

Kaum die Stecker in den Buchsen,
jeder anfängt rumzujuxen.
Schnell sich noch mal auszutoben,
das totale Chaos, wenn wir proben.

Wände beben, Ohren schmerzen,
Nerv und Lärm das Rennen wetzen,
und schon geht `ne Box in Fetzen.
Das kann die Stimmung schon verletzen.

Noch nicht mal richtig angefangen,
wie soll`n wir so das Ziel erlangen.
Leute, hab` kein Bock auf so was,
so viel Krach, das macht kein` Spaß!

Plötzlich Stille – tote Mienen,
nur das Summen schriller Bienen,
oder es können auch Brummer sein,
welche sagen, was ich mein`.

Ne kurze Weile ist vorüber,
kommt ein kleines Fis herüber,
und es weckt ein leiser Ton,
Musikgeister, die uns wohnen.

Nicht das Ohr, die Seele will spüren.
Sie ist es, welche uns öffnet jene Türen,
für das, was schön und wahr noch ist,
für das, was Mensch so oft vermisst.

Wer bist Du?

Wer bist Du – ich habe Dich gesehen.
Wer bist Du – ich möchte zu Dir gehen.
Deine Stimme, sie war mir so nah,
frag` mich nicht, was dann geschah.
Mein Herz fing laut zu klopfen an,
ich selbst es kaum verstehen kann.

Wo bist Du – ich möcht` Dich wiedersehen.
Wo bist Du – ich möchte zu Dir gehen.
Deine Worte klangen wie Musik,
wie ein unendlich schönes Lied.
Dein Wesen schien so ruhig und warm,
ich sah mich schon in Deinem Arm.

Wie bist Du – werd` ich Dich verstehen?
Wie bist Du – ich möchte zu Dir gehen.
Deine Augen, wie ein tiefes Meer,
voll von Zärtlichkeit und doch so leer.
Werden sie mich wiederfinden?
Werden sie uns zwei verbinden?

Wann kommst Du – werde ich Dich sehen?
Wann kommst Du – soll ich zu Dir gehen?

Wenn wir uns jetzt bald wiedersehen,
was wirst Du tun, was wird geschehen?
Hast Du vielleicht auch schon gespürt,
dass mein Gedanke zu Dir führt?

Wer bist Du – ich habe Dich gesehen.
Wer bist Du – ich möchte zu Dir gehen.

1986

Ausschnittvergrößerung   Stoffregen

Halt mich

Wenn ich Dir Tschüss sage,
bist Du das Feuer im Wasser,
wie ein Baum in der Wüste
und wie das Licht in dunkler Nacht.

Nicht nur im Kopf dreht sich alles,
auch mein Bauch spielt verrückt,
denn im Lautsprecher hallt es,
da der nächste Zug anrückt.

Lass den Zug doch weiter fahren,
der nächste kommt bestimmt.
Möchte so gern Deine Stimme hören,
bevor der Weg mich nimmt.

Halt mich – nein, lass mich gehen.
Bring mich – nein, lass mich stehen.

Bremsen quietschen, Leute steigen aus,
Leute steigen ein, muss ich jetzt nach Haus`?
Es pfeift, die Türen schließen sich.
Wo bist Du und wo bin ich?

Lass den Zug doch weiter fahren,
der nächste kommt bestimmt.
Möchte so gern Deine Stimme hören,
bevor der Weg mich nimmt.

Halt mich – nein lass mich gehen.
Bring mich – nein lass mich stehen.

Oh, das war die letzte Bahn,
nun brauch ich nicht mehr nach Hause fahren.
Ich habe ja den Zug verpasst
und das hat mir auch noch Spaß gemacht.

Denn wenn ich Dir Tschüss sage,
bist Du das Feuer im Wasser,
wie ein Baum in der Wüste
und wie das Licht in dunkler Nacht.

1984

Alcohol

The cruelest companien
Of my friends being
Called enemy alcohol
Always takes his control

Never had the chance to be stronger
I almost couldn`t stand it any longer
This fear to go home
He was there, but I was still alone

Trying to help him
A little hope in my heart
Counting disappointments
Takes it apart

He`s fighting for nothing
Losing just everything
Stop! Before it`s too late
Please don`t deteriorate.   geschrieben 1983

Dazwischen   Ausschnittvergrößerung   Stoffregen

Große Männer

Wo kommen die großen Männer her,
welche scheinbar die Welt regieren,
waren nicht auch sie mal Kinder,
die gehorchen mussten und parieren?

Was hat ihnen bloß gefehlt,
dass sie heut` so hart beseelt,
dass sie nehmen, was zu kriegen,
über wen wollen sie wirklich siegen?

Mütter, Väter, euch ist so viel Macht gegeben,
um zu schaffen, was ihr sucht.
Ändern könnt ihr nicht die großen Leben,
denn nur in euren Kleinen steckt der Mut.

Deine Kinder werden bald erwachsen sein
und Dir zeigen, ob sie waren allein,
ob Du ihnen gabst, was sie brauchten,
Liebe, Zeit, Verständnis und Vertrauen.

Wo kommen die großen Männer her,
welche scheinbar die Welt regieren,
waren nicht auch sie mal Kinder,
die horchen mussten und parieren?

Doch vielleicht hast auch Du selbst nie gespürt,
was diese Welt zusammenführt.

Ein neuer Tag

Die ersten Sonnenstrahlen
In den Himmel fallen
Bunte Farben malen
Ganz ohne anzustreichen
Das Grau der Nacht muss weichen.

Tief war mein Schlaf
Ich war in weiter Ferne

Doch ich komm zurück
Denn ich lebe gerne.

Ein neuer Tag beginnt
Und ich bin glücklich
Ich dank Dir.

Das Licht leuchtet
Die Flüsse fließen
Der Wind weht.

Gedanken denken
Die Herzen klopfen
Ich freu` mich
Dass es mich gibt.

Auch gibt es viele Sachen
Die mich traurig machen
Schmerzen voller Fragen
Tränen wortlos sagen
Dass leben nicht nur Freude ist.

So weiß ich doch
Dies kann nicht anders sein
Denn ganz ohne Tief
Kein einziges Hoch wäre mein.

Ein neuer Tag beginnt
Und ich bin glücklich
Ich dank Dir.

Das Licht leuchtet
Die Flüsse fließen
Der Wind weht.

Gedanken denken
Die Herzen klopfen
Ich freu mich
Dass es Dich gibt!

Geld kann man nicht essen   Ausschnittvergrößerung

Tschernobyl 1986

Der warme Frühlingsregen
brachte uns keinen Segen
und auch der Sommerwind
war nicht für`s Kind.

In der Pfütze darf ich nicht spielen,
in die Sandkiste darf ich auch nicht mehr gehen,
die Wiese war doch zum Spielen da,
ist dies alles jetzt nicht mehr wahr?
Mama, ich versteh` das nicht,
ich will spielen und jetzt darf ich nicht,
Blumen pflücken darf ich auch nicht mehr,
und der Spielplatz ist sowieso schon leer.

                        Der warme Frühlingsregen...

Warum seid ihr still und seht,
wie diese Welt zugrunde geht,
ich will leben viel länger noch,
doch wie lange kann ich noch?
Papa, ich versteh` das nicht,
ich will essen und jetzt darf ich nicht,
Milch und Gemüse gibt es auch nicht mehr,
ich hab` Hunger, mein Bauch ist leer.

                        Der warme Frühlingsregen...

Was sollen wir unseren Kindern sagen,
wenn sie kommen und stellen Fragen,
warum Menschen sich selbst das Ende machen,
sie hatten doch so viel an schönen Sachen.
Auch ich versteh` dies alles nicht,
ich will reden, keiner hört auf mich.
Gefühl, Verstand, das zählt nicht mehr,
Geld regiert die Welt, das Herz bleibt leer.

Der warme Frühlingsregen
brachte uns keinen Segen,
und auch der Sommerwind,
war nicht für`s Kind.

Ein Lied, welches nach einem Al Jarreau Konzert im CCH entstanden ist...
Mai 1983

Can`t you hear me.
I`m looking for you.

When I saw you
the first time on stage,
I couldn`t believe it.

It wasn`t just you,
who was singing,
it was the soul of
the human being.

Every corner was filled
with this feeling.

Oh boy, I wanna thank you.
This changed my life,
I tell you that`s true.

Sitting at home now, holding this gift in my heart.
One day I`ll make it. Wearing the right outfit.

The same one you`ve got.
God bless you,
thanks a lot!

WAKE UP   in Gedanken an Byron Katie (2006)

Wake up - wake up - wake up
there`s nothing to wait for
wake up - wake up - wake up
you can be so much more

Wake up - wake up - wake up
you can be (perfectly) sure
the whole world is inside of you(r)
what you are looking for
is closer than a key to a door
***
Have you ever found shells in the desert
did you see flowers in the sea
birds singing the most beautiful concert
without wishes, you can really be free

See the greatest in the small
find the little in the tall
make the lowest high
let the spirit fly
***
Wake up - wake up - wake up
there`s nothing to wait for
wake up - wake up - wake up
you can be so much more

Wake up - wake up - wake up
you can be (perfectly) sure
the whole world is inside of you(r)
what you are looking for
is closer than a key to a door
***
You think something went wrong in your life
no, it was perfectly right
life is always the best it could be
it`s the way to bring you home to the light

Open your mind and open your heart
you have to be otherwise smart
now is the moment for you to be
the miracle of life you will see.
***

Wake up - wake up - wake up
there`s nothing to wait for
wake up - wake up - wake up
you can be so much more

Wake up - wake up - wake up
you can be (perfectly) sure
the whole world is inside of you(r)
what you are looking for
is closer than a key to a door
***

Have you ever found shells in the desert
did you see flowers in the sea
birds singing the most beautiful concert
without wishes, you can really be free

See the greatest in the small
find the little in the tall
make the lowest high
let the spirit fly

Liebe Grüße!!!   Frauke Kaluzinski

***

The four questions are always on my mind.
Thank you!

www.lebensbuch-oeffnen.de

Das Ewige erwächst im "Du".

Bilder von:

Steven Stoffregen
freier Künstler / Autodidakt / geb. 1979

Vater und Sohn   Original 50x70   Stoffregen

Das Experimentieren mit fluoreszierenden Acrylfarben und das selbstgesteckte Ziel, eine nie dagewesene Dekoration für Techno- und Goa-Partys zu kreieren, verhalfen dem Künstler Steven Stoffregen dazu, seine ganz eigene Sicht der Dinge, in einer Vielzahl von beeindruckenden Werken auf die Leinwand zu projizieren. Doch 2 Dimensionen in einem Bild reichten dem Künstler nicht aus. Unter Berücksichtigung der Wirkung bestimmter Farben entstanden sogenannte Spektralbilder, welche durch Belichtung mit Schwarzlicht eine besondere Tiefe erlangen. Setzt der Betrachter zusätzlich eine 3-D-Brille auf, fangen die Bilder an zu leben. Man taucht in eine Traumwelt der Drachen, Elfen und Gnomen ein. (Haben leider nicht alle in diesem Buch Platz gefunden)

Steven Stoffregen hinterfragt in seinen Bildern bestehende Strukturen, er macht für uns dunkle und verborgene Welten sichtbar und mit einer großen Hingabe zum Detail gelingt es ihm, komplexe Zusammenhänge darzustellen.

Ohne Übertreibung kann man sagen:
Jedes Bild ist eine ganze Welt für sich.

Kontakt S. Stoffregen: info@lebensbuch-oeffnen.de

Idee & Text

Frauke Kaluzinski
Dipl. Sozialwirtin /geb. 1963

Alles, was Du wirklich liebst,
begegnet Dir früher oder später wieder.
Die Substanz der Liebe ist nicht von dieser Welt.
Sie kennt keine Zeit, keinen Raum, kein mehr oder weniger.

Liebe ist.

Diese Kraft hat mich dazu gedrängt, das vorliegende Buch zu schreiben. Jeder von uns ist „ein" Baustein der Welt; welcher Welt?

Einige Bilder sind auch aus meiner Ausstellung „Lichtmomente".
Das Bild „Ansichtssache" stammt von dem Hamburger Illustrator
Knut Maibaum

Fotos made by
Ricarda Block

Daher ist von allen Geschöpfen
in der Natur allein
der Mensch zweifach,
nämlich sterblich dem Körper nach
und unsterblich
dem wirklichen Menschen nach.

Corpus Hermeticum, erstes Buch Pymander 38